トカゲ（本当は神竜）を召喚した聖獣使い、竜の背中で開拓ライフ

～無能と言われ追放されたので、空の上に建国します～

著　水都　蓮
Minato Ren
イラスト：saraki

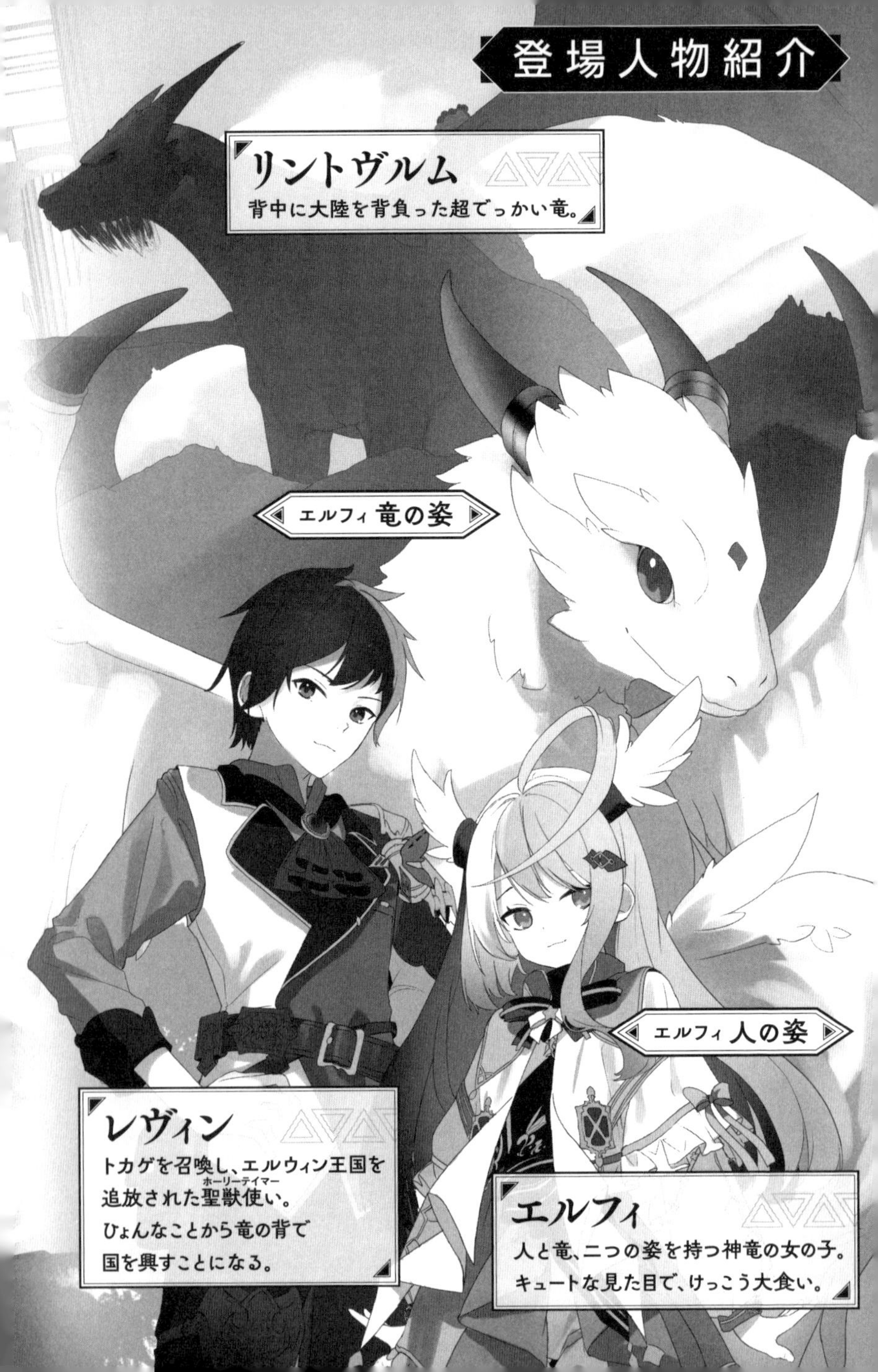
登場人物紹介
リントヴルム
背中に大陸を背負った超でっかい竜。
エルフィ 竜の姿
エルフィ 人の姿
レヴィン
トカゲを召喚し、エルウィン王国を追放された聖獣使《ホーリーテイマー》い。
ひょんなことから竜の背で国を興すことになる。
エルフィ
人と竜、二つの姿を持つ神竜の女の子。
キュートな見た目で、けっこう大食い。

ゼクス
エルウィン王国の第一王子。
無能な国王に振り回され、
苦労が絶えない。
エリス
隣国クローニアの暗黒騎士《ダークナイト》。
自らの寿命を削る呪いに
悩まされている。
アリア
レヴィンの幼馴染にして
エルウィン王国の神聖騎士《セイクリッドナイト》。
故郷のため、心を殺して王に仕える
薄幸の少女。

第一章

エルウィン王国――それは、大陸西部の高地にある王政の国家だ。

国土は小さいながらも豊かな水資源に恵まれており、爽《さわ》やかな風が吹き抜ける平原では農業と畜産業が盛んである。

また、かつて大陸を圧倒的な武力で支配したという伝説が残る【覇王《はおう》】と魔族の軍勢に抵抗した、最古の国家の一つだと言われている。荘厳《そうごん》で美しい白亜《はくあ》の王都、ウィンダミアは覇王との決戦の舞台となったが、高くそびえる堅牢《けんろう》な城壁で最後まで民を守り通したという。

千年近い歴史を持つエルウィン王国の王城にて現在、神聖な儀式が行われていた。


「なんだ、その貧相な卵は？」

国王の失望した声と、周囲からの笑い声が謁見《えっけん》の間に響く。

「見たまえ。あれが聖獣の卵らしいぞ」

「ハハッ、目玉焼きにしたら美味《おい》しそうではないか」

「下級貴族の息子にお似合いの、実に立派な卵であるなあ」

一体、どうしてこうなったのか。

俺――レヴィン・エクエスも、目の前の光景に落胆《らくたん》していた。

謁見の間に集まった人々の視線は、二つの卵に注がれている。

人の背丈ほどもある黄金の卵と、手のひらに収まるほど小さくて蒼白《あおじろ》い卵の二つだ。

俺の前にはその小さい方の卵が置かれている。

これは、《聖獣使い《ホーリーテイマー》》が女神から授かる聖獣《せいじゅう》の卵だ。

この世界には、魔獣《まじゅう》と呼ばれる【魔力《マナ》】を持つ獣と心を通わせ、彼らを使役《しえき》する《魔獣使い《ティマー》》という職業がある。

《聖獣使い《ホーリーテイマー》》は、それら《魔獣使い《テイマー》》よりもさらに強大な力を持つ【天職《ジョブ》】だ。

彼らの一番の仕事は、女神より聖獣を授かることにある。俺たち《聖獣使い《ホーリーテイマー》》だけが聖獣の卵を召喚し、生涯の相棒として【契約《テイム》】できるのだ。

十八歳を迎える年の今日、俺はもう一人の《聖獣使い《ホーリーテイマー》》アーガスと一緒に、その卵を召喚する儀式である【聖獣降臨の儀《せいじゅうこうりんのぎ》】に臨んでいた。

ここで立派な聖獣を授かれば、その報酬で貧乏な故郷のみんなの暮らしをよくすることができる。

すでに騎士として活躍している幼馴染《おさななじみ》の横にも並び立てる……はずだった。

「これが聖獣の卵だと？　……《聖獣使い《ホーリーテイマー》》の面汚《つらよご》しめ」

隣に立っていたアーガスが、俺の召喚した卵を見て鼻で笑った。

彼の前にある黄金の卵に比べ、俺の卵はみすぼらしい。

「説明したまえ、ギデオン」

苛立ったような口調で、国王は側《そば》に控《ひか》えるおどおどした男を指名した。

この国のテイマーをまとめる男、ギデオンが答える。

「じ、自分もこんな小さな卵は見たことがありませんな。ただ、基本的に聖獣降臨の儀で授かる卵は、大きいほど強い聖獣が誕生すると聞きます」

「そのみすぼらしい卵から生まれるものには期待できぬと？」

「端的に言えばその通りです」

「なんということだ……」

国王がわなわなと肩を震わせながら玉座から立ち上がる。

「これまで貴様を育成するのに、どれほど金を掛けたと思っているんだッ!!」

怒号と共に、彼は手にしていたワイングラスを俺の頭に投げつけた。

「衛兵！　即刻、その目障りな卵を破壊しろ。そして、今すぐ無能な《聖獣使い《ホーリーテイマー》》もどきをワシの前から遠ざけよ!!」

王の命を受けて、衛兵たちがあっという間に俺を取り囲んだ。

衛兵の一人が、俺の召喚した卵に向かって剣を振り下ろそうとする。

「へ、陛下、それだけはお止めください！」

咄嗟《とっさ》に卵に覆《おお》いかぶさると、剣が背中を切り裂《さ》いた。

「かはっ……!!」

衛兵の手元が狂ったのか致命傷には至らなかったが、ドクドクと血が流れていくのが分かる。耐え難《がた》い痛みのあまり、呻《うめ》き声が漏れる。

「どけ、無能が！」

「ど、どけま……せん!!」

衛兵が再び剣を振り上げたが、それでも俺は退《ひ》かなかった。

たとえなんと言われようと、俺の腕の中にあるのは命の宿った卵だ。それが破壊されるのを見過ごすことはできない。

「何もできない無能のクセに、ワシに逆らいおって!!」

俺の行動がいっそう神経を逆撫《さかな》でしたのだろう。国王は傷口を刺激するように俺の背中を思い切り踏みつけた。

「テイマーの育成は国の要《かなめ》だ。強力な聖獣を手に入れ、他国を圧倒する。そのための最重要国家プロジェクトだ。それなのに……恥を知れ!!」

憤懣《ふんまん》やるかたないといった様子で、国王が俺を蹴りつける。

傷口に当たる度に激痛が走った。

しかし、彼の行いを止められる者はこの場にいない。俺はひたすら耐え続けた。

「このクズテイマーが！　ゴミしか生み出せないのなら、今すぐに死んでしまえ!!」

ゴミだって？

その言葉に胸の奥から怒りが湧いてきた。

執拗《しつよう》な暴行で口からも血がこぼれるが、そんなことはどうでもいい。

自分への侮辱《ぶじょく》や暴力は、まだ我慢ができる。

だが、この卵は俺のもとに舞い降りたパートナーとも言うべき存在だ。

その命を国王はゴミ扱いした。それが俺には許せなかった。

どんなに小さくても、俺たちの目の前にあるのは、尊《とうと》い命だ。それをゴミ呼ばわりなんて、あまりにも酷《ひど》すぎる。

こんな男に卵を壊させたくない。俺は必死にこの場に留まった。

「クソッ……なぜ、そうまでしてかばう？　もういい。それならば、そのみすぼらしい卵と共にこの国から出ていくがよい」

俺が思わず顔を上げると、国王が苦い顔をして続ける。

「当然だろう？　貴様は、我が国に計り知れない損失を与えたのだ。不死鳥《ふしちょう》を育てていれば、灰から万病に効《き》く薬を作れた。ペガサスを育てていれば、強力な空戦部隊が編制できただろうに……貴様はこんなクズみたいな卵を授かりおって！」

確かに強力な聖獣を授かれば、エルウィン王国は大きく発展するだろう。しかもこれまで、国は《聖獣使い《ホーリーテイマー》》への投資として、俺や故郷の村を支援してきた。

だがそれは、この卵をクズ呼ばわりしていい理由にはならない。

その時、召喚された二つの卵の殻《から》が割れ、新たな聖獣が誕生した。

「ピュイピュイ……」

「ガァアアアアアアアアア!!」

アーガスの前には、人の背丈ほどはある屈強な獅子《しし》の身体に、雄々《おお》しい翼を生やした鷲頭《わしあたま》のグリフォンが。俺の下には白いトカゲがいた。

「あ……」

俺は、手のひらに触れる命の輝きに目を奪われた。

生まれたばかりの小さなトカゲは、懸命に力を振り絞って俺にすがりついていたのだ。

「大丈夫。君のことは俺が守る」

この小さな命が弱かろうとなんだろうと、必ず俺が守り通す。俺はいっそう決意を強固にした。

「ブハハハハ！　なんと貧相でひ弱な生き物か。これが聖獣だと？　ただのトカゲではないか」

俺の手の中にある生き物を見て、周りの者たちが大笑いした。

国王は上機嫌でグリフォンを眺め、感嘆する。

「それに比べて、このグリフォンの雄々しいことよ」

基本的に聖獣は、ある程度肉体が成長した状態で誕生すると言われている。金の卵から生まれたグリフォンも例外ではなかったようだ。

「陛下、これが私の聖獣でございます。屈強な肉体、大きな翼……そして、並みの魔獣では到底及ばない膨大な魔力。彼がいれば、様々な飛行魔獣を支配下に置くことができます。我が国の航空戦力は他国を圧倒するでしょう」

「うむ。よくやった、アーガスよ。そなたはエルウィンの発展に大きく貢献した。必ずや我が国の歴史に名を残すだろう」

先ほどまでの激昂《げきこう》から一転して、国王がアーガスを褒《ほ》め称《たた》える。

「ありがたきお言葉。では、先日の約束については？」

「おう……そうであったな。件《くだん》の申し出、許可しようではないか」

二人のやり取りに、俺は疑問を抱いた。

先日の約束……アーガスは一体、国王となんの約束をしたんだ？

「フッ……」

アーガスは訝《いぶか》しむ俺をチラリと見て、冷笑した。

謁見の間に集まる人々を見渡し、国王が口を開く。

「ちょうどいい。そこのクズも聞いておれ。このワシ、国王ドルカスの名において、《聖獣使い《ホーリーテイマー》》アーガス・アレス・アルベリヒと《神聖騎士《セイクリッドナイト》》アリア・レムスの婚姻《こんいん》を認めよう」

アーガスと、アリアが婚姻？

思ってもみなかった人物の名前が登場して、俺は言葉を失う。

アリア・レムスは俺の幼馴染だ。

幼少期に実の親を亡くした彼女を俺の両親が引き取り、俺たちは家族同然に育った。

俺は怪我の痛みを堪《こら》えて立ち上がり、国王に詰め寄る。

「陛下、それはどういうことで――」

「黙っていろ。聖獣を生み出せなかったクズが」

しかし国王は、煩《わずら》わしいといった様子で俺の問いかけを遮《さえぎ》った。聖獣を授かることのできなかった者の言葉など、もはや聞く気はないようだ。

「そんな……」

俺は呆然として立ち尽くす。

幼い頃から一緒に過ごしてきたアリアに、俺は想いを寄せていた。だが彼女は今、アーガスの婚約者となったのだ。

「クク……いいザマだな、レヴィン。所詮《しょせん》、貴様は三流貴族のゴミテイマー。彼女にふさわしいのは僕のような人間だ」

アーガスが勝ち誇った表情を浮かべて言った。

「さっさと失《う》せろ、無能。お前の居場所はこの国にはない」

直後、俺は衛兵によって羽交《はが》い締《じ》めにされてしまう。

国王が兵士たちに指示を出す。

「そいつはすでに用済みだ。適当な森にでも放り込んで処分しろ」

こうして、俺は全てを失った。

◆　◆　◆

聖獣降臨の儀での騒動のあと、俺はエルウィン王国の国境付近にある樹海の奥地に放り出された。

「ピュイピュイ、ピューイ！」

上機嫌で進んでいくトカゲのあとを追って、俺は鬱蒼《うっそう》とした樹海を彷徨《さまよ》う。

《聖獣使い《ホーリーテイマー》》の役目を果たせなかった罪で、故郷に帰ることも許されず、国を追放されたというわけだ。


樹海に到着するまでの間に、怪我の治療をしてもらえただけマシだろう。

トカゲの後ろをついて歩きながら、もう三日は森の中だ。

「食べられそうな果実は拾えているし、野草の知識もあるから飢《う》えは凌《しの》げる。だけど……」

いつまでも樹海にいても仕方ない。とはいえエルウィンには戻れないわけで、これからの身の振り方に悩んでいた。

「一緒に国に仕えて、それから村を栄えさせるのが俺とアリアの夢だったんだけどな」

村にいた頃を思い返す。あの頃は、こんなことになるなんて思いもよらなかった。


俺の生まれたエクエス家は貧乏だった。

エルウィン王国南東にあるルミール村を治める男爵《だんしゃく》家であるが、領地は痩《や》せた土地ばかり。貴族とは名ばかりの質素な生活を送っていた。

だが、そんな暮らしに不満はなかった。

「ただいま、レヴィン。今日もクタクタだよ～」

父、グレアムが額の汗を拭《ぬぐ》いながら、我が家へ帰ってきた。

穏やかな人柄の彼は弓術と水属性魔法の達人だが、普段は農民に交じって鍬《くわ》を振るっていることが多い。

「おかえり、父さん。今日はベルーナ産の果実酒と、ツマミにサラミを用意しておいたよ」

そんな父のために、俺はいつもよりも少しだけ贅沢《ぜいたく》な食前酒を準備していた。

「か、果実酒？　そんな贅沢なものを飲んでいいのか？」

「いつも家と領地のために働いているからね。労《ねぎら》いの気持ちを込めたんだ」

「うおおおおお、レヴィ〜ン!!」

父さんがわんわんと大げさなそぶりで泣いてみせる。

いつもこんな調子だが、領民への思いやりは本物だ。みんなの生活を圧迫しないようにギリギリの税率で領地を経営し、その弓の腕で狩りや魔獣討伐を一手に引き受け、水魔法で土地を潤《うるお》す、それが父の日常だ。

俺が父さんと話し込んでいると、こっそり近づいてきた人影が飛びついてくる。

「あー、やっと内職が終わった！　レヴィン、母さんを癒《い》やして〜」

「って、いきなり抱きつかないでよ、母さん。まったく、仕方ないな」

母、エリーナは裁縫《さいほう》の名人だ。

節約のために余ったぼろ布や破れた衣服を縫《ぬ》い合わせて、俺たち家族の服を作るのが趣味で、その腕を活かし服作りの内職をしている。子どもたちにべったりで、何かと理由をつけてハグしてきたり、頬にキスをしたがったりするのが玉に瑕《きず》だが、子ども思いの母さんだ。

「レヴィン、私の頭も撫でて癒やしてください。知恵熱？　でどうにかなってしまいそうです〜」

「はいはい。姉さんもよく頑張ったね」

そうこうしているうちに、姉さんもやってきた。

姉のフィオナは金勘定と節約術に長《た》けている。

ルミール村の財政が破綻《はたん》せず、低税率でやっていけるのは彼女の手腕によるものだ。器量がよく、領民からも敬愛されている姉さんだが、日々の疲れがあるのかよく俺に甘えてくる。それが少し、気恥ずかしい。

「それじゃ、もうすぐ夕飯ができるから、みんなは居間で待っていて」

俺の役割は、そんな貧乏一家の家事全般。苦労して働く家族のみんなを支えることだ。

もともと家事は母さんが担当していたが、彼女が内職を始めてからは、俺が引き受けるようになった。なかなかハードなものの、これも家と領地のためだと思えばまったく苦にならない。

おかげで、特に料理の腕前はそれなりのものになったと思っている。

「さて、ラグリア産のチキンか。こんなに上等な肉をもらうなんて、あとでゴードンさんにお礼を言わないと」

キッチンに立った俺は、村民が届けてくれた鶏肉を前に唸《うな》った。

「レヴィン。サラダ用のレタス、切り終えたよ」

柔和な笑みを浮かべて、アリアがボウルを差し出してきた。

「ありがとうな、アリア」

「領主様たちにはいつもお世話になってるから……これぐらい当然だよ」

俺はボウルを受け取り、調理を進めていく。

隣で俺の作業を手伝ってくれるのは、控えめな性格をした蒼《あお》い髪の少女――アリア・レムスだ。

俺の幼馴染で、家族の一員でもある。早くに両親を亡くしたところを父さんが引き取り、共に暮らしている。

アリアの我が家における役割は、家事担当の俺のサポートだ。といっても、俺たち二人で家事を分担しているというのが正確だろう。

「よし、レモンクリームのチキンソテーの完成だ。早速、持っていこう」

チキンやレタス、ミルク、バターは領民からのいただき物で、調味料は行商人から値切りに値切って確保した物だ。食器に至っては、ひびが入った皿を補修して使っている。

我が家の料理は節約の限りを尽くしたものだが、味には自信がある。

――極限まで安い食材でも、最高の料理を。

それが俺のモットーだ。

料理の腕を磨き、レシピを研究し、領地経営に勤《いそ》しむ家族を労る。そうしてみんなを陰で支え続けてきたのだ。

「みんな、夕飯ができたよ」

家族五人で過ごすには少し狭い部屋で、小さなテーブルを囲む。

目の前にはボロボロの皿に盛り付けられた料理が数品。これが貴族の暮らしかと問われたら何も言い返せないが、少なくとも俺はこの日々に幸せを感じていた。

「おお、レヴィンよ。今夜はチキンを二切れも食べていいのか？」

いつになく豪華な食事に、父さんが歓喜《かんき》の声を上げた。

「ああ。ゴードンさんがいっぱい分けてくれたんだ。一日二切れ食べるぐらいなんてことないさ」

俺の答えに、母さんと姉さんが夢中でチキンを頬張る。

「お肉なんて何週間ぶりかしら。とても美味しいわ。ね、フィオナ？」

「そうですね、お母様。最近はジャガイモのスープばっかりでしたから、こんなに美味しい料理をいただけるなんて……うぅ……」

エクエス家にとって久々の贅沢な食事に、みんな満足しているようだ。

「姉さん、ソースが口の端《はし》に付いてるよ」

「レヴィンが拭いてくださ〜い」

「仕方ないな……」

家族は全員働き者だが、団らんの時間ではだらしない姿を見せる。

みんな普段は気を張っているからな。こうして家族の前で気を抜くのはいいことだと思う。

「それで、こっちのサラダはアリアが用意してくれたのだな」

「はい、グレアム様。お味はいかがでしょうか？」

「とても美味しいよ。ビネガーとオリーブの風味がよく出ている。こんな料理好きの息子と娘を持って私は幸せ者だ……」

父さんは目尻に涙を浮かべた。俺たちの成長に感激しているらしい。

アリアは平民の出だったが、父さんにとっては彼女も立派な娘の一人なのである。

「お父様の言う通りね。このままアリアがレヴィンに嫁《とつ》いで、本当の家族になってくれたら嬉しいのですけれど」

「あら、フィオナったら」

姉さんの言葉を聞き、母さんが食事の手を止めた。

アリアが慌てて声を上げる。

「そ、そうです！　私のような平民が嫁ぐなんて、とんでもございま――」

「とても素敵な提案じゃない！」

「え……？」

嬉しそうに賛同する母さんの様子に、アリアは目を白黒させた。

母さんが反対するとでも思ったのかもしれない。

「うむ。アリアは気立てがいいし、家事も上手だからな。それに、我が家だって数代前までは平民だったんだ。身分の違いを気にする必要はないさ」

そう言って父さんが笑った。

アリアの身分を気にする人間は、この家には彼女本人しかいないのだ。

盛り上がるみんなを眺め、俺は苦笑する。

「気が早いというか、能天気というか……」

とんでもないことを言い出す家族だ。とはいえ、俺もそういう想像をしないわけではない。

アリアが平民だって関係ない。俺は幼い頃から共に育った彼女を好ましく想っている。

アリアさえよければ……なんてことを考える時もあるのだ。

「そういえば、もうすぐ【神授の儀《しんじゅのぎ》】じゃないか？」

父さんが真剣な表情で話題を変えた。

「ああ……そうだね。俺とアリアもそろそろ王都入りしないと」

俺たちにとっても大事な話に、姿勢を正す。

十六歳を迎えた子どもは、女神より天職と呼ばれる職業の適性が告げられる。

それこそが神授の儀と呼ばれる儀式だ。

神授の儀で判明する天職は、人生を左右するものだ。これから俺たちがどう生きるにせよ、まずはこの儀式を通らなくてはいけない。

「どんな天職を授かるかは分からないが、あまり気負いすぎないことだ」

「分かってるよ、父さん。ただ、姉さんみたいに家や村の役に立つ天職だといいな」

俺が答えると、隣でアリアも頷いた。

ちなみに、姉さんは《商人《しょうにん》》という天職を授かっている。

おかげでルミール村の交易は発展し、先代の時よりは暮らしぶりはマシになっている。もし姉さんが家を出て、王都で商人となっていたなら、彼女自身は今より豊かな生活を送れただろうと誰もが思っているぐらいだ。

「フィオナに続いてレヴィンたちまでそう言ってくれるのか……私たちは本当にいい子に恵まれた

なぁ」

父さんがまた感涙にむせんでいた。

俺とアリアは神授の儀に密かに期待を寄せていた。

姉さんが《商人《しょうにん》》の天職でルミール村を支えているように、俺たちもいい天職を得て、エクエス家と村をいっそう発展させたい。

そんなささやかな願いを俺たちは共有していたのだ。

それからしばらく経ち、王都の大聖堂にて神授の儀が執《と》り行われた。

「レヴィン・エクエス。汝《なんじ》が授かる天職は……おお、《聖獣使い《ホーリーテイマー》》だ」

「アリア・レムスの天職は……なんと《神聖騎士《セイクリッドナイト》》とな!? よもや、立て続けに【S級天職《きゅうジョブ》】を授かるとは」

巨大な天球儀が置かれた聖堂の儀式場に、おおっという歓声が響いた。

「レ、レヴィンとアリアがS級天職を授かったぞ、母さん！」

「夢みたい……！　これで我が家も安泰《あんたい》ね、あなた」

俺たちの天職を聞いて、父さんたちは抱き合いながら喜んでいた。

その姿を見て俺は笑みをこぼす。

《聖獣使い《ホーリーテイマー》》と《神聖騎士《セイクリッドナイト》》はそれぞれ、《魔獣使い《テイマー》》と《騎士《ナイト》》の上位職である。

女神が遣わす聖獣すらもテイムできるという《聖獣使い《ホーリーテイマー》》。

兵を惹《ひ》きつけるカリスマ性に加え、その能力を底上げすることができる《神聖騎士《セイクリッドナイト》》。望めば国の要職にすら就《つ》けるだろう。そうすれば村の発展も思うがままだ。

「レヴィンは凄いね……ううん。むしろ当然、かな？　私は、レヴィンならきっと凄い天職を授かるって信じてた」

「アリアだって凄いよ。村のためにもお互い頑張ろうな」

「うん。二人で一緒にね」

Ｓ級天職を授かった俺たちには、輝かしい未来が待っている。

希望を胸に、俺とアリアは宮仕えの道へ踏み出した。

「アリアは立派に出世したっていうのに、俺は何をやってるんだろうな……」

過去に思いを馳《は》せながら、ため息をついてしまう。

《聖獣使い《ホーリーテイマー》》として修業する必要があった俺と違い、アリアは一足早く《神聖騎士《セイクリッドナイト》》として国の英雄になっていた。

一方の俺は、こんな森の中で明日をも知れぬ身だ。

「村を支えるどころか、今日一日をどう生き延びるかで手一杯だもんな」

トカゲについてしばらく歩いていたが、周りは植物だらけで、方向感覚が狂ってきた。

俺を連れてきた兵たちの話によると、この樹海の先にあるのはクローニア王国だそうだ。現在は落ち着いているが、過去には何度か我が国と衝突している敵国である。

下手に森を抜けてしまえば、どんな目に遭《あ》うことやら。

「今はお前だけが頼りだよ、エルフィ」

相棒のトカゲ――エルフィは、まるで俺を導くかのように、この三日間迷いなく走り続けていた。

家族も大切な人も、何もかもを失った今の俺には、エルフィしか縋《すが》る相手はいない。

そうして先が見えないまま彷徨っていると、やがて洞窟《どうくつ》が見えてきた。

「かなり広々としているな。なんだか一雨来そうだし、今日はここで一晩明かすか」

空気がうっすらと湿《しめ》ってきている。そう時間の経《た》たないうちに雨が降り出すかもしれない。

その前に、雨風を凌《しの》げる環境を整えなければ。俺は早速、洞窟の中で野営の準備に取りかかる。

これまでの道中で、乾燥した木の枝を集めておいた。

俺は洞窟の入口付近で火をおこすと、地面に敷いたマントの上に寝転がり、一息つく。

「それにしても、まさか聖獣の卵からトカゲが生まれるなんて驚いたよ。なあ、エルフィ」

「ピュイ？」

なんとなく声をかけると、エルフィは不思議そうに首を傾げた。

ここ数日、いろいろと彼女に話しかけてみたが、どうやら俺の言葉を理解しているようだ。

ちなみに、エルフィがメスだと分かったのは直感だ。

「テイマーと魔獣の間には不思議な繋がりができる。だから、なんとなく女の子だって分かったんだろうな」

「ピュイピュイ」

エルフィも否定する仕草は見せないので、恐らく性別は間違いないだろう。

「俺が国を追われたのはエルフィのせいだってのに、お前は呑気《のんき》なものだな？」

「ピュイ……？」

とぼけているのか……冗談めかした俺の言葉に、またしてもエルフィは首を傾げる。

聖獣の卵を授かるはずだったあの日、俺はトカゲの卵を授かった。周囲の失望は相当なものだった。

だが俺はエルフィを恨《うら》むつもりも責めるつもりもない。経緯はどうあれ、この子は俺のもとに召喚された。テイマーにとって、自分のもとにやってきた魔獣は相棒であり、実の子どものような存在だ。

あの国王たちのように、見た目で態度を変えるなんて絶対にしない。

これからエルフィをどうやって健やかに育てるかで、俺の頭はいっぱいだった。

「いや、それは少し嘘になるか……」

エルフィ以外に、もう一つ頭から離れないことがある。アリアのことだ。

アーガスはアリアを人生の伴侶《はんりょ》とするつもりらしい。

アーガスの実家、アルベリヒ家は公爵《こうしゃく》位にあるエルウィン王国屈指《くっし》の名家だ。おまけに彼は、聖獣降臨の儀でグリフォンを召喚した。その点において、俺よりも遥《はる》かに優秀な《聖獣使い《ホーリーテイマー》》だ。

対して俺は男爵家の出身だ。しかも《聖獣使い《ホーリーテイマー》》とは名ばかりで、実際に聖獣を授かることはできなかった。

どちらがアリアにふさわしいのか。そんなのは子どもだって分かる。

その事実がただただ、虚《むな》しかった。俺は喪失感《そうしつかん》を埋めるため、この小さな命に愛情を注ごうとしているのかもしれない。

「クソッ……いつまでも未練《みれん》がましいぞ、レヴィン・エクエス」

胸に湧いたもやもやとした感情を無理矢理振り払う。

アリアは今や王宮騎士団の副団長を務めるほどの人物だ。

今の彼女は俺にとっては遠い存在。いつまでも気にしていても仕方がないのだ……

「それよりもまずは、エルフィの食事をどうにかしないとな。ほら、この虫とかはどうだ？」

俺は気持ちを切り替えて、森で捕まえた昆虫をエルフィに差し出した。

一般的なトカゲが好物にしているものだが、彼女の口に合うだろうか？

「ピュッ!!」

どうやら不服らしい。エルフィは素っ気なくそっぽを向いた。

「うーん。やっぱりダメか。意外とグルメなやつだ」

王都からこの森までの道中、こいつがトカゲ用の餌《えさ》を食べているのを見たことがない。

衛兵から申し訳程度に魔獣用のフードが与えられたが、エルフィはそれさえ口にしなかった。

「これならどうだ？」

俺はバッグの中から、瓶詰《びんづ》めの兎肉《うさぎにく》を取り出した。

「ピュイ！　ピュイピュイ!!」

肉の塊《かたまり》を見るやいなや、エルフィが目を輝かせ、その場でぴょんぴょんと跳ね回り始めた。

「そうかそうか。そんなにこの肉が食べたいか……よし！　今からこいつを美味しく焼き上げるからな」

俺は薪《まき》をくべて鍋を火にかけた。

財産を取り上げられて追い出された俺だが、兵の中に一人だけ親切な人がいて、わずかだが調理器具と食料を持たせてくれたのだ。

俺は香辛料で兎肉の臭《くさ》みを取りながら、じっくりと焼き上げていく。

エルフィはその様子を見て、嬉しそうに小躍りしている。

こいつはどういうわけか、人が口にするような料理を好むようだ。荷馬車の中でも、俺に与えられた硬いパンばかりせがんできた。

「もうすぐ焼けるからな。少しの間、辛抱しててくれ」

手の掛かる子どもができたような気分だ。だが、悪くない。

俺一人でこの森に放り込まれていたらきっと、とっくに心が折れていた。

これからの生活や、アーガスと婚姻を結ぶアリアのこと、故郷のこと、あれこれと心配事はたくさんあるが、エルフィがいるおかげで余計なことを考えずに済む。

「ピューイ！　ピューイ!!」

料理の匂いに惹かれてテンションを上げる彼女に癒やされながら、俺は肉を焼いていった。

◆ ◆ ◆

木々の間を縫って洞窟の入口に朝陽が差す。まぶしさを感じ、俺は目を覚ました。

「やっぱり、岩の地面は寝心地が悪いな」

腰に鈍《にぶ》い痛みを感じる。固い地面で一夜を明かしたため、身体中がバキバキだ。

「さて。朝食を済ませたら、洞窟の奥でも探ってみるか？」

さすがにこんな地面で二度寝をする気にはならない。朝食の準備に取りかかろう。

「ん？」

ゆっくりと身を起こそうとした時、ふと胸のあたりに圧迫感があることに気が付いた。温かくずっしりとした何かが、のしかかっているようだ。

「一体なんだ？」

俺は恐る恐る胸元を確認した。

「すぅー……ママ……」

胸を圧迫していたのは、すやすやと眠るエルフィだった。

「なんだ、エルフィか。昨日は隣で寝てたはずなのに、いつの間にこんなところに……」

俺の胸に頭を預けて、寝息を立てている少女の寝顔をまじまじと見る。

白く透き通った肌。さらさらの亜麻色《あまいろ》の髪。まだあどけないながらも、整った顔立ち。そして、背中から生えている柔らかそうな翼。

トカゲだった彼女が一晩で随分《ずいぶん》と立派に育ったものだ……もの……だ？

「いやいやいや⁉　待ってくれ！」

寝ぼけた頭がはっきりするにつれて、俺は状況の異常さを認識した。

「どっから来たんだ、この子は⁉」

側で寝ていたはずのエルフィが消え、代わりに年頃の少女が寝入っていたのだ。

「ん……マ、マ……？」

俺の声で目を覚ましたのか、少女が起き上がり、バサッと美しい白い翼を広げた。

「どう、したの？　大声を出して」

眠たそうに目をこすり、首を傾げる少女。だが、そうしたいのは俺の方だった。

周囲にエルフィの姿はないし、人の寄り付かない樹海にどうしてこんな女の子がいるんだ？

混乱していると、少女がさらに話しかけてくる。

「今日の朝ご飯は……何？」

「初対面の相手に飯を要求するのか⁉」

「……？　私のご飯を用意するのはママの義務。昨日の兎肉のステーキは本当に美味だった」

なぜ、見ず知らずの子どもから「ママ」などと呼ばれているのだろう。

俺は身体を起こし、少女に尋ねる。

「とにかく、質問に答えてほしい。その……君は何者なんだ？　こんな森の奥にどうやって来たんだ？　ご両親は？」

「ん？　何者って……私はエルフィ。ママが名付けてくれたの、忘れたの？」

どういうことだ？　彼女の発言を信じるなら、もしかしてこの子は……

「まさか、エルフィなのか？」

「おかしなことを聞く。さっきからそう言ってる」

「だって、エルフィはもっとこう、小さくて白いトカゲだっただろ⁉」

トカゲが一晩で少女になった……いやいや、ありえない。

頭を抱えた俺を見て、少女――エルフィが頬を膨《ふく》らます。

「むっ……トカゲじゃない。私こそがママと契約した聖獣。神竜族《しんりゅうぞく》の数少ない生き残り。だから人の姿にだってなれる」

「し、神竜族だって？」

俺はその言葉を聞いて驚く。

何せそれは、すでに絶滅したはずの種族の名前だからだ。

現在、この大陸に生息している竜のほとんどは、飛竜種《ワイバーン》と呼ばれるものだ。

あまり大きくなりすぎず、知能もそこそこあるため、騎竜として様々な国で育成されている。

一方、神竜族というのは、かつてこの大陸にいたとされる伝説の種族だ。

人と竜、二つの姿を併《あわ》せ持ち、人とは比べものにならないほどの知能と魔力、身体能力を誇っていたという。

「神竜族は滅びたんじゃなかったのか……」

伝説によれば、彼らは覇王率いる魔族の軍勢との戦いを境に姿を消していた。

俺が呆然としていると、エルフィが言う。

「滅びてない。少ないけど、私の他にもまだ生き残りがいる」

「そうなのか？　一体どこに？」

エルフィは俺の隣にちょこんと座ると、洞窟の奥を指差した。

「この奥にいるのか？」

「うん。ご飯を食べたら、会いに行こう」

ここ数日、俺をどこかへ導くように走り回っていたエルフィだったが、どうやらここに連れてきたかったようだ。


朝食を終えた俺は、エルフィの案内で洞窟の奥へ向かった。

奥は陽の光が差さない真っ暗な空間だった。しかし魔力の濃いエリアなのか、魔力光《まりょくこう》がぽつぽつと光って内部を照らしていた。

俺たちはその光を頼りに、先へ先へ進んでいく。

そして辿り着いた洞窟の最奥にて、岩壁に埋まった謎の扉を見つけた。

「今、開けるね」

そう言ってエルフィは祭壇《さいだん》のような場所に立つと、目の前にある巨大な扉に向かって聞き慣れない呪文を唱えた。

扉に描かれていた模様が蒼白く光り、扉がゆっくりと開かれていく。ゴオッと風が吹き抜ける音がした。

「……え？」

俺は絶句した。

そこには、想像を絶する光景が広がっていた。

「な……な……」

扉の奥、果てしなく広がる遺跡のような空間には、大きな町一つ分はありそうな巨大な肉体と翼を持つ――

「なんだこれはぁあああああああああああああああああ!?」

漆黒《しっこく》の巨竜が眠っていた。

第二章

かつて、大陸の空は屈強な体躯《たいく》に大きな翼を持つ竜たちが支配していたという。

その竜たちは、魔族の脅威《きょうい》から人々を守護し、人類は輝かしい発展を遂《と》げた。

「それにしても、これはでかすぎるだろう！」

目の前の巨竜は、生まれ育ったルミール村はおろか、王都をも優に超える巨体を誇っていた。

俺のいる遺跡の入口からはその下顎《したあご》と腹部を見上げることしかできないが、それでも信じられない大きさであることは容易に想像がつく。

「えーっと……エルフィ、この竜はなんなんだ？」

「【大陸竜《たいりくりゅう》】リントヴルム。私たち、神竜族が帰る町」

竜なのに町というのはどういうことだろうか。

「実際に見てみた方が早い」

エルフィはそう言うやいなや、体格差をものともせず俺の身体を抱き上げて、翼を広げる。

「うおっ、急に何を⁉」

「しっかり掴《つか》まっていて」

そうして、エルフィは高く羽ばたくと、竜の背中が見下ろせる高さまで俺を連れていった。

空中から見下ろす景色は壮観《そうかん》であった。

俺が想像していたよりも、遥かにその肉体は大きく、背中には大陸とも言えるほどの広大な大地が広がり、中央には崩落した古代都市のようなものまで見える。

「まさかとは思うが、君たちはこの竜の背中に住んでいるのか？」

「昔の話。今は魔力が枯渇《こかつ》して、都市も仲間たちもみんな眠りについてる」

今となっては瓦礫《がれき》の山と成り果ててしまった都市だが、その破片の一つひとつから往時《おうじ》の情景が思い浮かぶようだった。

現代では見たこともない高度な建築技術や特殊な建材が使われている。きっと元の都市は壮麗《そうれい》で、空を舞う巨竜の姿はさぞ美しかったことだろう。

「エルフィ、どうして俺をここに連れてきたんだ？」

俺の質問に、エルフィが答える。

「今はボロボロだけど、ここをよみがえらせれば快適に暮らせる。ママに帰る場所を紹介したかった」

「帰る場所？」

「まだ卵にいた時の記憶がある。ママが私を必死にかばってくれたこと。そのせいで王国を追い出されたことも覚えてる」

確かに、エルフィの言っていることは事実だ。

俺が首肯すると彼女はさらに続ける。

「私のご主人様が、ママみたいな優しい人でとても嬉しかった。だから……」

エルフィが言葉を区切り、俺の目をしっかりと見据えた。

「ママ、一緒にこの町を開拓して、よみがえらせてほしい」

「どういうことだ？」

古代都市を背中に載《の》せた巨竜が目覚める気配はない。

身体はピクリとも動かず、その瞳は眠っているように閉じられている。

王都など比にならない大きさの都市も、瓦礫の山だ。

しがないテイマーの俺に、何ができるのだろう。

「難しいことじゃない。ただ、リントヴルムと契約してほしい。ママは《聖獣使い《ホーリーテイマー》》だからできるはず」

「俺がこの大陸竜とか？」

神竜族と言えば、聖獣の中でも伝説に等しい存在だ。

召喚されたエルフィはともかく、彼とも契約するなんてできるのだろうか？

「リントヴルムも私のママなら問題ないと思う。それにママはあの王様たちから酷いことをされて、国から追い出された。さっきも言った通り、リントヴルムが目覚めて都市がよみがえれば、ママにも帰る場所ができる」

そうか……エルフィはそこまで俺のことを考えてくれていたのか。

まだ数日の付き合いとはいえ、俺のもとにやってきた彼女は娘のような存在だ。

そんなエルフィにここまで心配されたのなら、拒むのは野暮《やぼ》というものだ。

「分かった、【契約《テイム》】してみるよ。一旦、降ろしてくれ」

俺はエルフィに頼み、遺跡の入口に戻った。

【契約《テイム》】とは、獣と人との間にある結びつきをより強固な絆に変える契約だ。

好物を与えて餌付《えづ》けしたり、頭を撫でて仲良くなったり、力と恐怖で屈服させたり……魔獣とテイマーによって、【契約《テイム》】方法や絆の形は様々である。

リントヴルムとは出会ったばかりだが、エルフィの言葉を信じてみよう。

「【契約《テイム》】」

俺がそう呟いた瞬間、リントヴルムの全身を蒼白い光が包み込んだ。

「まさか……本当に【契約《テイム》】できたのか？」

この蒼い光は、魔獣から信頼を得た時に発生する【絆の光《きずなひかり》】だ。

光がやがて収まっていく。

「……姫。お戻りを心よりお待ちしておりました」

巨大な竜――リントヴルムがゆっくりと身体を起こすと、威厳《いげん》ある声を発した。

姫だって？

俺が驚いていると、エルフィが呼びかけに答える。

「ママのおかげ。ずっと私を喚《よ》んでくれるテイマーがいなかったけど、とうとう喚び出してくれる人が現れた」

「眠ってはいましたが、事情は把握しております。主殿《あるじ》……レヴィン様ですな。これで我ら神竜族の再興も叶います。感謝してもしきれません」

そう言って、リントヴルムが俺に一礼した。

かつて魔族との戦いで姿を消した神竜族だが、こんな洞窟の奥底で眠っていたなんて。

今の俺は国を追われ、目標を失った身だ。エルフィたちの手伝いをするのも悪くはないだろう。

俺はリントヴルムに問いかける。

「これからどうするつもりなんだ？」

「まずは地上に出ようかと思います。私の力はすっかり衰《おとろ》えてしまい、見ての通り身体も背中の大陸も随分と小さくなってしまいました。しかし、ここ千年の間に貯蔵した魔力が、主殿との契約でいくらか増幅されています。空を飛ぶには事足りるでしょう」

俺としては十分すぎるぐらい大きいと思うが、これでも全盛期より小さい姿だとは……

一体、神竜族はどれほどの力を秘めているのか。

「ママ、とりあえず背中に乗ろう」

「あ、ああ」

エルフィが再び俺を抱きかかえ、リントヴルムの背に向かう。

しかし、見た目は俺より年下の女の子のエルフィに抱えられて移動するのは、少し恥ずかしいな……

「ところで、『地上に出る』って言ったってどうするんだ？」

リントヴルムの背に移動した俺は、エルフィに尋ねる。

大都市並みの大きさを誇るリントヴルムが収まっているこの遺跡は、相当広い。ただ、彼が出入りできるような扉の類《たぐ》いは見当たらない。

「大丈夫。すぐに出口を作る」

エルフィが答えるのと同時に、リントヴルムは大きく息を吸い込んだ。

その動きに、俺は嫌な予感が頭をよぎる。

「ま、まさか……？」

直後、予感が的中し、リントヴルムの吐いた漆黒の熱線が天井を穿《うが》った。

その熱量は凄《すさ》まじく、天井は瓦礫や埃《ほこり》すらも残さず溶け消え、空へと繋がる大きな通り道が出来上がる。

「力業《ちからわざ》だなぁ」

俺が呆れていると、リントヴルムがゆっくりと身体を起こし、翼をはためかせる。

「待ってくれ！　身体を急に起こしたら俺が落っこち……ないな？」

不思議なことに、リントヴルムが体勢を変えても俺たちが背中から滑《すべ》り落ちることはなかった。

むしろ、揺れ一つ感じないほど快適だ。

「リントヴルムは重力魔法を操る。だから、彼がどんなに暴れても背中の私たちに影響はない」

エルフィの言葉を証明するように、リントヴルムが力強く羽ばたき、飛び上がった。

猛スピードで空へ飛び出し、あっという間に雲を切り裂いて上空へと躍り出る。

エルフィの言う通り、その間も揺れや重力の変化は感じず、流れる風も穏やかなままだ。

「俺、雲の上にいるんだな」

あたりを見回すと、空と白い雲が広がっていた。

いつも見上げているものを見回すというのは、とても不思議な気分だ。

飛行する魔獣の力を借りて、人は空を飛ぶことができる。

それでも雲の上にまで羽ばたける魔獣は存在しない。

図《はか》らずも俺は、普通の生物が到達し得ない上空に足を踏み入れたのだ。

「山の上は空気が薄いって聞くが、ここはあまりそんな感じがしないな。これもリントヴルムの魔法のおかげなのか？」

「これはどちらかというと【神樹《しんじゅ》】の力」

エルフィの示す先、ちょうど背中の中心部分に、まるで城のように巨大な樹がそびえ立っていた。

彼女に運ばれている時も視界に入っていたのだが、どうやら神樹とはあの樹木のことらしい。

「昔の竜大陸にはいろいろな生物が暮らしていた。私たち神竜族と違って、他の種族は環境の変化に弱い。だから、神樹が気温や天候、空気の濃さなんかを調整している。おかげで空の上で四季を楽しむことだってできるのだ」

エルフィが自慢げにピースサインをした。

「今は春ってわけか」

気温は暖かく、日差しも爽やかだ。大地に生えた木々は青々と茂っている。

これから俺はこの都市の世話になるわけだが……まるで俺の新たな門出を祝ってくれているかのように、穏やかな気候だ。

それにしても、竜の背中に住むことになるとはな。人生は分からないものだ。

「さて、とりあえず背中に移ったのはいいが、これからどうすればいいんだ？」

エルフィと一緒に、あたりをざっと見回ってみる。

かつて存在していたであろう古代都市の残骸《ざんがい》がそこかしこに転がっていた。

「千年近く放置されるとこうなるのか」

神樹の周りをぐるりと取り囲むように展開されている無数の空中回廊《かいろう》は、在《あ》りし日の立体的な都市の様子を想像させる。建物を形作っていただろう素材は、見たことがない不思議な金属ばかりでこの都市の文明の高度さを実感する。

しかし一方で、回廊は苔《こけ》むしていたり、崩落した建造物の隙間《すきま》から植物が生えていたりと年月の経過を感じさせている。

「とりあえず家作りが先決。ママと私の住む場所が必要」

「家作りか。見た感じ無事な建物はなさそうだし、適当な木材を集めて、一から建てるってことになるな。とはいえ、家の壁を補修する程度ならともかく、家を作った経験はさすがにないぞ」

「問題ない。神樹の加護があれば、簡単な家ぐらいすぐ作れる」

「神樹の加護？　どういうことだ？」

答えの代わりに、エルフィが俺の手を引いて神樹のもとへ連れていく。

案内された神樹の根元には特殊な金属で作られた祭壇らしき物が置かれており、その中央に正八面体の不思議な石が浮いていた。

瑠璃《るり》色で、内側にはまるで星の海のような神秘的な粒子が閉じ込められた、とても美しい物体だ。

これは一体なんなのだろう。

「その石に魔力を込めてみて。ママは私と契約してるから、すぐに使えるはず」

エルフィに促されるまま、俺は石に魔力を込める。

――ようこそ、マスター。こちらは【リントヴルム市管理局】です。ご命令を入力してください。

現在、市内の貯蔵魔力が不足しているため、機能が大幅に制限されております。


女性の澄《す》んだ声と共に先ほどの石から光が出て、空中に不思議な映像が投影された。

【リントヴルム市運営状況】
管理人：レヴィン・エクエス
人口：3
都市ランク：F
実行可能なコマンド：【建造】【補修】【回収】

「うおっ、なんだ⁉」

映像には、この都市の運営状況とやらが表示されていた。

一般的に魔力を用いて作動する道具を【魔導具】と呼ぶが、この石に使われている技術は、俺が知る魔導具よりずっと複雑そうだ。

「これを使えば、都市の管理ができるってことか？　便利な魔導具だな」

人口が3となっているのは、俺とエルフィ、そしてリントヴルムを指しているに違いない。

この都市ランクというのは、現在の都市の充実度を表しているのだろうか。あたりはすっかり瓦礫の山となっているし、先ほどリントヴルム自身も力が衰えていると言っていたからな。竜大陸を開拓していけば、ランクが上がっていくのかもしれない。

「もしかして、【建造】を選んだら家が建てられるのか？」

試しに、俺が「【建造】」と口にすると……

――現在【建造】できるものは以下の通りです。

【民家：小】【畑：小】

機能が制限されているからか、選択肢はかなり少ない。

だが、家自体は問題なく作れるようだ。ここ数日は、寝る場所にさえ困る有様だったし、雨風を凌げる家が手に入るだけでも大助かりだ。

俺は早速【民家：小】を選択する。

すると目の前に、家を象《かたど》った蒼白い光の像が現れた。

「おっ、なんか出てきた。こうして建てる場所を選ぶんだな」

実体を持たない光の塊のようだが、俺が視線を動かすと、それに連動して光の家が動く。

エルフィが解説する。

「建てる場所を決めると、都市の魔力を消費してその映像の通りに家が建造される。そういう仕組み」

なるほど。原理はさっぱりだが、直感的な操作で建てる場所が決められるのはなかなか便利だ。

「エルフィはどこに建てたいんだ？」

あたりは瓦礫だらけで【建造】に適した場所は少ないみたいだが、俺はエルフィに希望を尋ねた。

「うーん、折角のママと私の新居。景色のいいところに大きい家を建てたい」

「って言ってもなあ……」

今作れるのは【民家：小】だ。

それに、景色のいい場所と言われても、瓦礫を撤去して都市を復興しないと難しいだろう。

「よし、ひとまず神樹の側に建てよう。ある程度都市を復興したら、また別のところに引っ越せばいいだろう」

俺は神樹の前に視線を動かし【建造】を実行した。近くには水場と、それなりに広い緑地もあるので、利便性も高いはずだ。

コマンドを実行すると、蒼い光がゆっくりと実体を伴い、丸太を積み重ねたログハウスへ変化していった。

「おお！　一体、どんな技術で作ってるんだ？」

もともと、都市にあったらしい金属製の建物と比べたら原始的な家だが、それでも立派なものだ。

しかし、魔法は数あれど、こうして家を一瞬で作るなど聞いたことがない。

古代の技術というのはとんでもないな。

「これがママと私の家……」

エルフィも目を輝かせながら、出来上がった家に見入っている。

【民家：小】とは言っていたが、二人で住むには十分な広さだ。

早速、俺たちは室内に入る。

「へぇ……居間に二人分の個室、ダイニングも完備かぁ……あれ？　俺の実家よりも広くないか？」

エクエス家には居間とダイニングルームの区別なんてなかったし、個室なんていう贅沢なものも当然なかった。一家五人が寝るための狭い寝室があるだけだ。

領地の経営が軌道《きどう》に乗ったら、もっと広い家に住もうなんて話をよくしたが、まさかこんな形で念願の大きな家を手にするとは思いもよらなかった。

「キッチンもうちのより広くて、調理器具や石窯《いしがま》まである。これで生活には困らないな」

家を見て回り、これからの生活を想像するだけでにんまりとしてしまう。

「見て見て、ママ。ベッドふかふか」

「ああ、そうだな。俺の寝てた硬いベッドよりも上質だ」

布団の中には羽毛がぎっしりと詰まっており、カバーに丁寧な刺繍《ししゅう》が施《ほどこ》されている。

俺がこれまで使っていた木の板に藁《わら》を敷いただけのベッドよりも明らかに豪華で、今度は少し悲しくなってきた。

「どうしたの、ママ？　複雑そうな顔している。嫌だった？」

心配そうにエルフィが顔を覗《のぞ》き込んできた。そんなに深刻な話ではないので、俺は慌てて事情を明かす。

「実家よりも豪華だったから面食らっただけだよ。前はここよりも狭い場所に住んでいたから」

「嫌じゃないならよかった……でも、もっと大きくて綺麗な家が用意できればよかったのに。ママは酷い目に遭ったんだから、幸せになってほしい」

……なんて親思いな娘なのだろう。

最近は人の優しさに触れるどころか、理不尽な暴力に晒《さら》されるばかりだったので、エルフィの気遣いが身に染みる。

「気にしないでくれ。俺には十分すぎるほど立派な家だしな！」

実際、普通に暮らすにはかなり快適な家だ。

広さは十分だし、生活に必要な家具もある程度揃《そろ》っている。

国を追われて一時はどうなることかと思ったが、こうして安心して過ごせる場所を手に入れられて本当によかった。

「ちなみに、もっと大きい家を作るには都市の魔力が足りてない。毎日、住人の魔力を少しずつもらっていく仕組みだから、もっと住む人を増やせればいいんだけど」

「住人から魔力を……税金代わりってことか」

そういう仕組みだとすると、俺とエルフィ、リントヴルムの三人しかいない現状では最低限の機能しか使えないのも当然だ。そうなると、今度はここに住んでくれる人を探す必要がある。

移住者の心当たりはなくもない。故郷のルミール村は、土地が痩せていて貧しい村だ。

この都市に移住できたら、みんなもっと快適に暮らせるかもしれない。

ぐぅ……

俺が今後のことを考えていると、大きな腹の音が鳴った。俺じゃないとなると……

「……ママ、お腹空いた」

我が娘は食べ盛りらしい。とはいえ、とっくに昼飯の時間は過ぎている頃だ。エルフィにつられて俺も空腹感を覚えてきた。

「食料はここで調達できるのか？」

「農業すればできるようになる。昔は町の外で野菜や動物を育てていた」

「でも、すぐに用意するとなると難しいよな」

【建造】で畑が作れても、すぐに収穫できるわけじゃない。地上で食料を確保する必要がある。

「って、よくよく考えたら、どうやって地上に戻ればいいんだ？　今はもう雲の上だし、エルフィも地上まで飛ぶのはキツくないか？」

「問題なし。何せ私は神竜族。ママを連れて地上まで飛ぶなんて余裕なのだ」

エルフィがVサインを見せて得意げにする。

さすが神竜族。飛行能力も並々ならぬものらしい。

「よし。それなら一度、地上に降ろしてもらえるか？　適当な村で食料を手に入れよう」

「任せて」

こうして、俺たちは再び地上へと降り立つのであった。

◆　◆　◆

俺たちがやってきたのは国境付近のシーリン村。

祖国エルウィン王国ではなく、隣国クローニア王国にある村だ。

たまたまリントヴルムがクローニアの上空を飛んでいたので、今回はシーリン村を選んだ。ここは敵国だが、いざとなったら空の上に逃げればいいわけだしな。

人目に付かないよう村の近くにこっそりと降り、そこから歩いてシーリンへ入った。

「これが持つ者と持たざる者の差か……」

大勢の人でごった返す市場を見て、俺はため息をつく。

我が故郷のルミール村もエルウィン側の国境付近に位置しているが、同じ国境付近の村であるシーリンの発展具合は段違いだった。

このあたりは肥沃《ひよく》な土壌が広がっているため農業が盛んで、ワインの名産地だ。おまけに、近くには金鉱山まであるため、牧歌的な雰囲気のルミール村よりもずっと賑やかだ。

うちの村もせめてもう少し土地が豊かであれば、どうにかなったのだろうけど……

「父さんたち、元気でやってるかなあ」

エルウィンのことはどうでもいいが、村のことは気がかりだった。

俺が聖獣を授からなかったせいで、国王から何か嫌がらせを受けていないだろうか？

同じ村出身のアリアが騎士団で活躍している以上、滅多なことにはなっていないはずだが心配だ。

「アリアも今頃どうしてるんだろうな」

彼女はもともと、戦いに向いた性格ではない。むしろ、おとなしくて引っ込み思案《じあん》なタイプだったから、ひょっとしたら騎士団で苦労しているかもしれない。

「ママ……？　なんだか悩んでるみたいだけど、大丈夫？」

俺の服の裾《すそ》を引っ張り、エルフィが心配そうな表情を向けてきた。

「悪いな。急に国を追い出されたから、心残りがいろいろとあるんだ」

「アリアって、もしかしてママの恋人？」

「こ、恋人ってわけじゃない。大切な家族だよ」

そう。俺とアリアはそういった関係ではない。

だから、俺がアーガスとアリアの関係に口を出す筋合いはない。ないのだが……

――このワシ、国王ドルカスの名において、《聖獣使い《ホーリーテイマー》》アーガス・アレス・アルベリヒと《神聖騎士《セイクリッドナイト》》アリア・レムスの婚姻を認めよう。

ドルカスの宣言が頭をよぎる。

客観的に考えれば、アーガスは地位も実力もあり、アリアにふさわしい。

それは俺だって分かっている。彼女の幸せを考えれば、俺は祝福するべきだ。

だけど、どうしても割り切れない想いがあるのだ。

その時、どこからか呼び込みの声が聞こえてきた。

「おや、元気なさそうだね。サービスしてあげるから、うちで何か買っていかないかい？」

俺とエルフィが周囲を見回すと、屋台の中から背の高い褐色《かっしょく》の肌の女性がこっちに手を振っていた。

店に並んでいる品を見るに、どうやら食料品店のようだ。

ちょうど食べ物を買いに来ていた俺たちは、彼女の陽気な声に導かれるように店へ向かう。

「やあやあ、お兄さん。私の名はメルセデス。メルセデス・アンソロだ。大陸中を旅しながら行商をしていてね。今はクローニアを中心に商売をしているんだ」

声の主《ぬし》……メルセデスさんは若く颯爽《さっそう》とした雰囲気の人で、爽やかな笑みを浮かべていた。

「お兄さん、旅人かい？　随分と軽装だね」

「いろいろとワケアリでして……食料を調達するためにシーリンに寄ったんです」

「ふーん。そっちで隠れてるのは、妹さんかい？」

気付いたら、エルフィが俺の背に隠れていた。

もしかして人見知りする性格なのだろうか。

俺はエルフィの頭を撫でながら、メルセデスさんに答える。

「そんなところです。お腹を空かせているので、美味しいものを食べさせてあげたいんです」

「なるほど、なるほど。そういうことならタイミングがよかった。カリン！　ちょうどお客さんが来たみたいだよ」

「はい、はーい」

メルセデスさんが呼びかけると、透き通るような声と共に、浅黄色《あさぎ》の髪をした落ち着いた雰囲気の女性がやってきた。その手にいっぱいの肉を抱えている。

「どうも、カリンと申します。ちょうど、搬入《はんにゅう》をしていたところでして。お肉をお求めですか？」

「食品全般を見たいらしいよ。妹さんがお腹を空かせてるから、美味しいものを食べさせたいんだってさ」

「まあ、仲がいいんですね。私にも弟のような幼馴染がいるから、お気持ちはよく分かります！」

「またまた、幼馴染ってだけじゃないだろう？　あんな大英雄様の婚約者だなんて、羨《うらや》ましいよ」

メルセデスさんがからかうように言って、カリンさんの肩を肘《ひじ》で突く。

「わ、私たち、まだそういう関係じゃ」

「まだ……ね。ということは、いずれはそういう関係になるつもりはあると」

「もう、メルセデス！」

カリンさんが顔を赤らめてメルセデスさんを責めた。

なんというか、平和な光景だなあ。

俺が二人のやり取りに和《なご》んでいると、カリンさんが話を切り替える。

「それよりも商売ですよ。お客さん、運がよかったですね。今は食料を手に入れるのが大変なんですよ」

ここは国境に近い場所ではあるものの、人口が多く交易もそれなりに行われているはず。

食料の入手が難しいなんて話は聞いたことがなかったが……

俺が首を傾げると、メルセデスさんが事情を説明する。

「まあ、突然の出来事だったしね。なんたってエルウィンが急に侵攻してきたんだから」

「えっ!?」

エルウィンがクローニアに侵攻？

以前から対立していた両国だが、ここ数年は小康《しょうこう》状態だった。いつの間に事態が動いたのか。

カリンさんが頷く。

「商売にも影響出ていますし、何よりも村の農業は大打撃です」

農業に打撃……？　戦いが始まれば影響はあるだろうけど、今この村自体が攻められている様子はない。

何か別の事情があるのだろうか。

メルセデスさんが声を潜めて言う。

「ここだけの話だけど、エルウィンの兵士たちがこの近くの湖や川に毒を撒《ま》いたんだよ」

「なんですって？」

ここは農業が盛んな村だ。それを壊滅させれば、確かにクローニア王国に効率的に打撃を与えられるだろう。しかし、だからといって毒を流すなんて……

少し前まで王都にいたが、初めて聞く話だ。国民にさえ知らされず、侵攻が始まっていたとは。

俺は祖国の所業《しょぎょう》に内心で頭を抱える。

「そういうわけで、食料確保も大変な状況でね。私も村の支援のために、ここで営業してるのさ。

ここでの売り上げは全額、村の復興に使うつもりだから景気よく頼むよ」

「そういうことでしたら」

幸い、俺はいくらか金貨を隠し持っていた。一人なら金貨一枚で一週間は食べていけることを思えば、当分の食費はまかなえる金額だ。

毒を流されては農業などまともにできないだろうし、同じ農村の出身として、せめて買って支援をしよう。

俺は保存の利《き》く食品を中心に、およそ一ヶ月分の食料を買い漁る。

「お買い上げありがとうございます。こんなに買ってくれて、本当に助かります」

カリンさんが一礼した。

サービスで用意してくれた荷車に、ぎっしりと食材を積む。

さすがに多いかと心配したが、エルフィの力なら容易《たやす》く運べるとのことだった。

「村の作物は完全にダメになって、毒で倒れた人もいるんだ。これからどうなるんだろうね」

心配そうに言うメルセデスさんに、俺は尋ねる。

「戦いはクローニアが優勢なんですか？」

エルウィン軍が毒を撒くという強硬手段に出たのは、追い詰められたからだろう。

ところが、メルセデスさんは首を横に振る。

「それが、クローニアの劣勢《れっせい》なんだ。敵の指揮官がたいそう優秀なお人らしくてね。闇夜《やみよ》に乗じた奇襲で、国境付近の砦《とりで》があっという間に三つ落とされちまった。今は城に籠《こ》もって、防衛戦の真っ最中さ」

国境の樹海を抜けた先には、クローニアが築いた砦群があり、仮にそこを突破したとしても、そのさらに奥には堅牢な城壁を誇るマーレイ城がある。

クローニアの国境軍は精強で知られ、エルウィンからの侵攻はいつも砦で阻まれていたのだが、今回は違うらしい。

それにしても優秀な指揮官か……もしかしてアリアのことだろうか。

彼女の授かった天職、《神聖騎士《セイクリッドナイト》》は、味方の指揮において絶大な効果を発揮する。

その力を活かせば、どんな戦場でも的確な作戦を打ち立て、味方を鼓舞《こぶ》し、戦いを有利に進めることができる。今回のエルウィンの勝利には、アリアの活躍があるかもしれない。

「まあ、マーレイ城にはエリス様っていう恐ろしく強い騎士様がいらっしゃるから、滅多なことはないと思うけどね」

エリス……名前からして女性騎士か？

しかし、クローニアにとっては頼もしい存在であろう人の名を出したメルセデスさんの顔色は優れない。

「このエリス様がまだ若いのにかわいそうなお人でね……いくら騎士だからって、国のために命を削って戦うことはないだろうに……」

「命を削る、ですか」

俺は彼女に話の続きを促す。

「そうさ。あの方の授かった《暗黒騎士《ダークナイト》》って天職は、凄まじい力を発揮できる代償に、寿命を奪うんだ」

「……詳しく聞かせていただいてもいいですか？」

他人事《たにんごと》ながら聞き捨てならない内容だ。

俺自身も天職に振り回された人間として、興味を惹かれる。

俺はメルセデスさんに、その《暗黒騎士《ダークナイト》》について詳しく尋ねることにした。

◆　◆　◆

レヴィンがシーリン村を訪れる十日ほど前。

「エリス。お前の能力にも天職にも、私は欠片《かけら》も期待していない」

クローニア王国北西にあるマーレイ城、その一室で私——エリス・ルベリアは、かつての父の言葉を反芻《はんすう》していた。

「お前はただ我がルベリア子爵《ししゃく》家のために、良き女であり、良き婚姻を結べばそれでいいのだ」

父は私に何も期待していなかった。

何を学ぼうと何を為《な》そうと、父の心が揺らぐことは一度もなかった。

クローニアの貴族家に生まれた私には、政略の駒《こま》としての生き方しかないのだ。

私は父に認められようと、良き駒であろうとした。必死に作法を、教養を身に付けた。

貴族子女にふさわしい立ち居振る舞いを心がけ、身だしなみにも気を遣った。

「なんということをしてくれた……この愚《おろ》か者《もの》がっ！」

それは、父が初めて私に向けた強い感情であった。

「数ある天職の中から、よりにもよってそんなものを授かるとは……これではお前の女としての価値が下がるではないか！」

神授の儀が執り行われた日、私の天職を知った父は、人目をはばからずに私の頬を叩いた。

私が授かった《暗黒騎士《ダークナイト》》は、最高ランクの天職、S級天職の一つだ。

《暗黒騎士《ダークナイト》》は、持つ者に卓越《たくえつ》した戦闘力をもたらす代わりに、呪《のろ》いをかける。強力ではあるが、とても女神から授けられたとは思えない代物《しろもの》だ。

――どうして、実の父ですら私を認めてくれないんだろう。

父に認められたいがために努力をした。最上級の天職を手にしたのに、私は見限られてしまった。

私はこのまま誰にも認められず、無意味な人生を過ごすのだろうか。

毎日、そんなことばかり考えていた。

父は、「せめて国の役に立て」と言って、私にエルウィンとの国境を警備するガストン公爵家に仕えるよう命じた。

それから、私は剣を振るい続けた。人々を脅《おびや》かす野盗や魔獣を斬り伏せるのが私の仕事だ。

そうして戦い続けるうちに、私はクローニア王国最強の一人と呼ばれるようになった。

人々から感謝されるのはとても嬉しい。だけど、私は不安だった。

力を使うごとに、私の寿命は削られている。これまでの戦いで、どれほどの寿命を失ったのか。

私の命はいつまでもつのか。十年後か、五年後か、来年？　それとも……

こんな日々から抜け出したい。戦いの、死の恐怖がない暮らしを送りたいと願いながら、私は今日も命じられた任務をこなしている。


自室を出た私は今後の戦略について打ち合わせをするため、マーレイ城の司令室で待機していた。

今回の敵は隣国、エルウィン王国。敵は小康状態を破り、突如としてクローニアに侵攻してきた。

狙いはこの城の近くにある金鉱山だ。

これまでは国境沿いの砦を用いて撃退していたものの、ついに防衛線が破られた。

敵は、マーレイ城の間近にまで進軍してきているらしい。

「ご、ご報告いたします。城門前にエルウィン王国軍が現れました。数は一名」

慌てた様子で一人の兵士が司令室にやってきた。

「……は？」

兵の報告に、丸々と肥え脂ぎった騎士――ユリアン閣下《かっか》がぽかんとした表情を浮かべる。

「報告は正確にせよ。たった一人で城を攻める間抜けなどいるものか！」

「それが、相手は白銀の巨大な騎士盾を持った少女で……」

「な、何!?　我が軍の砦を一夜で落とした【白銀《はくぎん》の悪魔《あくま》】か？」

白銀の悪魔とは、今回の戦いでエルウィンを率いる少女の異名で、私と同様、S級天職を持つ人物だ。

地の利があり、数でも勝っていたクローニア軍を相手に、彼女は優位に立ち回ってみせた。

それだけにユリアン閣下も慌てている。

「はい……それと、もう一つ報告がございます。兵たちが一斉に体調不良を訴えているのです」

「なんだと？　どうしてこんな時に……」

「どうやら、飲み水に毒が……ぅ……」

突如、報告に来た兵が苦しみ出し、床に倒れ込んだ。

「まさか、やつらは毒を流したというのか？」

閣下の顔が青ざめた。

私たちクローニア軍は、付近を流れるラングラン川から飲み水を汲《く》み入れている。

水源に毒を流せば、兵たちは一斉に戦闘力を奪われ、マーレイ城の攻略は容易になるだろう。

しかし、そんなことをすれば、付近の村民にも深刻な被害が出る。

いくら戦いとはいえ、エルウィンの作戦はあまりにも卑劣《ひれつ》だ。

「グッ……ゴフッ……私にも毒が回ってきたか……」

しばらくして、閣下までが膝を折った。

私は慌てて二人の容体を確かめる。

どうやら致死性《ちしせい》はないみたいだが、それでも苦痛は相当なものだろう。

兵士が必死の形相で訴える。

「か、閣下、恐らくは例の……白銀の悪魔の仕業かと……」

「分かっておるわ……あの小娘め、このような卑劣な作戦を……」

閣下は怒りに肩を震わせながら、私を見た。

「エリスよ……お前は無事だな？　ならば、お前の出番だ」

私は《暗黒騎士《ダークナイト》》の能力で優れた戦闘力を得る代わりに、命を削る呪いを与えられている。

すでに呪いを身に受けているからか、それ以外の呪いや毒には強い耐性があった。

「このままでは敵に城門を破られる……だが、お前の力なら……白銀の悪魔を抑えられるはずだ」

私の《暗黒騎士《ダークナイト》》の力は、戦闘技能に特化したものだ。一対一の戦いであれば、S級天職持ちでも後《おく》れは取らないだろう。しかしそんな強敵を相手取れば、私の寿命は……

私は、閣下の命令に不安を隠せない。

「何、これが……最後の戦いだ。私とて、お前に死んでほしいわけではない……これを最後に、騎士の任を解こう。君のお父上、ルベリア卿にも……私から説明しようではないか」

「本当ですか？　もう、戦わなくて済むんですか？」

ユリアン閣下の言葉に、私はわずかな希望を抱いた。

私に備わる天職は確かに強力だけれど、その代償は凄まじいものだ。

しかし、それでも父は私に騎士として戦い抜けと命じた。

私はそんな戦いの日々から解放される日を待ち望んでいた。

だから私は彼の約束を聞いて、肩の荷が下りたような心地がしていた。

ところが、続く閣下の話に、私の気持ちは一変する。

「うむ、もちろん嘘はつかん。これを機に君は引退し……私の伴侶となるのだ」

「……え？」

「ふ、ふふ……君は実に美しい……この私、ガストン公爵家の長子、ユリアンの伴侶にふさわしい。そうは思わんかね？」

「……っ。出撃します」

私は早々に会話を打ち切った。

たとえ、どれだけ足掻《あが》いて藻掻《もが》いても、私の人生は私のものではない。

こうして、誰かの都合で簡単に弄《もてあそ》ばれる脆《もろ》いものなのだ。

悔しさで唇を噛みしめると、私はその場をあとにした。

◆　◆　◆

此度《こたび》の戦いにおいてエルヴィン王国の指揮官を務めるのは、レヴィンの幼馴染にして、王宮騎士団の副団長、アリア・レムスであった。

国境の森林地帯を隠密《おんみつ》に抜けるために、アリアは寡兵《かへい》で行軍し、精兵を率いてあっという間に敵側の砦群を押さえた。

これまでにない素早い作戦にクローニア軍は撤退を余儀《よぎ》なくされ、砦群を押さえたエルウィンとマーレイ城にて防戦の構えを見せるクローニア軍は、ラングラン平原を挟んで睨《にら》み合っていた。

その均衡をアリアが破った。

《神聖騎士《セイクリッドナイト》》の力を持つ彼女は、自分が剣を捧げた相手のために、あらゆる戦況に対して最も効果的かつ合理的な策を打ち出すことができる。

しかしそれは、効果的でさえあれば、たとえ本人が望まない卑劣な作戦でも、発案できてしまう危険な能力だ。

今回アリアに下された命令は、どんな卑劣な手段を使ってでも、戦争に勝つことだった。

「必ずこの作戦で決める！」

アリアは鬼気《きき》迫る表情で、城門を守護すべく現れたエリスに斬りかかった。

「っ……」

エリスは腰に佩《は》いた大剣を抜き、すかさず応戦した。

互いの剣が交差する。

轟音《ごうおん》と天地を揺るがす衝撃があたりを襲った。

S級天職持ち同士の戦いは、並みの騎士の剣戟《けんげき》とは比較にならない。

常人では捉えられないほどの速度で、アリアとエリスは無数の斬り合いを繰り広げていた。

戦いの余波で丘を削り、地面に亀裂を入れながら、両者は互いの剣を捌《さば》いていく。

S級の天職を授かった者は、常識では測れない凄まじい力を持つ、文字通りの超人だ。

「白銀の悪魔。異名通り、凄まじい技量……でも、戦いの経験は私の方が上です！」

エリスが少しずつアリアを追いつめていく。

細剣と大盾を使い、攻守に優れた戦い方をするアリアに対して、エリスは大剣を振り回す攻撃的な戦闘が得意だ。加えて、エリスの方が騎士として経験を積んでいた。

真正面からの力比べでは、《暗黒騎士《ダークナイト》》に分があった。

「さすがに手強い……」

アリアにとっては初めての、自分に伍《ご》する実力者との戦いだ。

その優れた戦闘技術を前に、気の抜けない攻防が続く。

——キンッ。

鈍い金属音が響き、細剣が宙を舞った。

エリスが鋭く叫ぶ。

「取った！」

アリアの剣を弾いた彼女は、空いた胴《どう》に大剣の一撃を見舞おうとした。

勝負はこれで決する……はずだった。

「今だ！　雷撃を浴びせよ!!」

戦場に、アリアの透き通るような声が響いた。

魔力で増幅された声による指示は遥か後方にまで届き、直後に天雷《てんらい》を呼んだ。

「がっ……ああああああああああああああああ!!」

凄まじい雷撃をまともに喰らい、エリスは絶叫した。

Ｓ級天職持ちは、超人である。

しかし、常人にも超人に対抗しうる術《すべ》がないわけではない。

【多重詠唱《たじゅうえいしょう》】――高い実力を持つ魔術士たちが、互いの魔力を重ね合わせ、同時に一つの技を放つ、大火力の魔法だ。魔力を重ね合わせる作業はきわめて困難だが、成功すればＳ級天職が相手でも効果的なダメージを与えることができる。

アリアは単騎でエリスを相手取り、後方に控えた兵たちが大魔法を確実に当てる隙《すき》を窺《うかが》っていたのだ。

「総員！　これより一切の手心なく、魔力と矢が尽きるまで追撃せよ!!」

アリアの号令と共に、エリスに無数の遠距離攻撃が浴びせ掛けられた。

砦に伏していたエルウィン兵たちによる、容赦のない飽和攻撃をまともに受ける。

《暗黒騎士《ダークナイト》》ならこうした攻撃さえ迎撃《げいげき》できただろう。

しかし、そちらを止めようと動けば、今度は《神聖騎士《セイクリッドナイト》》の斬撃が飛んでくるのだ。

エルウィン軍は兵を次々と交代させながら、その場で魔法をやり過ごすしかなく釘付《くぎづ》けにされたエリスに攻撃していく。

攻撃は、実に一週間にわたって続いた。

「はぁ……はぁ……」

丸一週間が経過し、エリスの息が乱れた。

《暗黒騎士《ダークナイト》》の力があれば、一週間飲まず食わずで戦っても死ぬことはない。

しかし、エリスの頭にふと、ある考えがよぎる。

(このまま、寿命と引き換えに力を引き出し続けたらどうなるの?)

エリスが軽傷で済んでいるのは、今も寿命を代償に《暗黒騎士《ダークナイト》》の力を発揮しているからだ。

「そうか、そういうことなんだ……」

その時、エリスは理解した。

相手の指揮官はエリスの能力を知ったうえで作戦を組んでいる。彼女の命が尽きるまで攻撃を加えるつもりなのだと。

「い、いや……嫌ぁあああああああ!」

エリスが錯乱し、悲鳴を上げた。

彼女は異常に取り乱しながら、押し寄せる攻撃に耐え続けた。


それからさらに三日が経った。

この十日間、まったく途絶えることのなかった攻撃がついに止んだ。

エルウィン軍の矢が尽き、交代で攻撃していた魔術士たちの魔力が尽き果てたのだ。

「やっと……終わった……」

エリスは憔悴《しょうすい》しきった様子で、安堵の声を漏らした。

「そんな！　ここまでしたのに……」

表情を暗くし、アリアが嘆いた。

膨大な物資と兵力を注ぎ込み、《暗黒騎士《ダークナイト》》という目下《もっか》最大の敵を排除するはずが、武器の枯渇という形で終わってしまった。

エリス一人を狙う卑劣な作戦を採って、なんの成果も得られなかった。その事実にアリアは、心の底から失望する。

「撤退……します」

アリアは剣をしまうと、あっという間に兵を退いた。毒で戦闘不能になっていたクローニア兵たちも復調し、次々戦場に現れ始めているため、こちらの兵が消耗しきった状態で、戦うわけにはいかないからだ。

敵が去っていったのを見届け、エリスはその場にうずくまるように膝をつく。

マーレイ城を守るという命令は完遂《かんすい》した。これでエリスは騎士を引退できる。

人並みに祖国を守りたいという気持ちはあるが、いつ寿命が尽きるかも分からないまま、力を使い続ける恐怖に、これ以上耐えられなかった。

（残りの人生は、わずかな寿命が尽きるまで、誰にも邪魔されずに静かに暮らそう）

エリスは心の中でそう決意した。

彼女の精神は限界を迎えていたのだ。

「よくやった、エリスよ。S級天職持ちとの戦いに勝利するとは。お前の戦いはきっと歴史に刻まれることだろう」

ほどなくして、城からユリアンがやってきて、呑気な表情でエリスの功績を称えた。

(何が『よくやった』だ……)

エリスは内心で悪態《あくたい》をついた。

力を行使すれば、代価として寿命を支払う。それを知りながら、ユリアンはエリスを酷使《こくし》した。

そんな男の賛辞など、嬉しいはずもない。

「フッ、エリスよ。お前は騎士を辞めたがっていたな？　約束通りそれを認めよう。そして、お前は私の妻になるのだ。子爵家の娘を公爵家の私が娶《めと》ろうというのだ。断るまいな？」

「よろしいのですか、ユリアン閣下？　彼女は今の戦闘でかなり寿命を削ったのでは……」

ユリアンに仕える騎士が尋ねた。

しかし、彼は騎士の質問をあっさり笑い飛ばす。

「フフッ、何を言っておる。むしろ好都合ではないか。女が若く美しいうちに死ぬ。これほど都合のいいことなどない！」

「……ッ！」

エリスは目を見張り、拳を握りしめた。

力の代償に苦悩し、それでも国を守るために戦った彼女に、その一言はあまりにも残酷に響いた。

こんな風に軽んじられて、心が耐えきれなかった。

エリスは目の前に迫る状況に絶望し、その場から逃げ出した。

◆　◆　◆

数時間後。

「どうして……？」

マーレイ城から離れ、私は一人、樹海の中ですすり泣いていた。

呪いのせいか、目がかすみ、身体中にじんわりと痛みが広がっていて、足元はおぼつかない。

それでも力を振り絞り、逃げて、逃げて、逃げ続けた。

誰も私を対等に扱ってくれない。私を都合よく利用しようとするばかりだ。

私はただ普通の家に生まれ、温かい家族の愛に包まれながら、穏やかな暮らしを送りたかっただけなのに。

「ゲホッ、ゴホッ……カハッ……」

その場にうずくまり、私は激しく咳き込んだ。

咄嗟に口を押さえた手を見ると、血が付いている。

弱り切った私に追い打ちをかけるかのように、雨が降ってきた。

身体は一瞬で冷え、意識がもうろうとする。そろそろ限界が近いのだろうか。

「もういっそいなくなりたい……」

——ガァアアアアアアアア！

絶望が私の心を支配した時、空に獣の咆哮《ほうこう》が響き渡った。

「竜？」

かすんだ目で見上げると、神々《こうごう》しいほどに美しい白い竜がいた。

美麗な体躯に柔らかな羽毛をまとい、雄大な翼を広げながらこちらをじっと見ている。

「まさかこんなところにいるとは」

竜が頭を下げて私を睥睨《へいげい》すると、その背から黒い髪の青年が顔を覗かせた。

青年は竜から降りると、私の身体に布を掛ける。

「すっかり身体が冷え切っているし、顔色も悪い。こんなになるまで戦わせるなんて……」

青年は悲しげな表情を浮かべると、そっと手を差し伸べてきた。

「君がよければ、俺と一緒に来てくれないか？」

どういう意味だろうか？

突然の申し出に私が困惑していると、青年がさらに続ける。

「俺も君と同じで、天職のせいで居場所を失ったんだ。でも居場所がないなら作ればいい。誰にも命令されずに、何にも縛られないそんな自由な場所を。だから、君がもし今の境遇を辛《つら》いと思っているのなら、俺と一緒にあそこに移住してほしいんだ」

そう言って彼が見上げた先には、空を覆わんばかりに巨大な竜がいた。

そして私は意識を失った。

◆　◆　◆

「ゴホッ……」

目を覚ますと、酷い倦怠感《けんたいかん》に襲われた。

「……ここはどこ？　エルウィンの侵攻を止めるために戦って、それから何をしたんだっけ……」

いつの間にか、私はベッドに横になっていた。

敵の猛攻に耐え、森に逃げ込んだところまでは覚えているが、そこから先の記憶があやふやだ。

「木造の家、なんだか落ち着くな」

寝起きでボーッとしているけど、この空間はとても安らぐ。

決して広くはない寝室だったが、それがかえって心を落ち着けてくれるのだ。

「あれ？　誰かいる？」

どこからか、火が燃える音と何かがグツグツと煮《に》える音が聞こえてきた。

「いい匂い……」

食欲をそそる匂いだ。

「とりあえず行ってみよう」

ここはどこなのか、私をここまで運んだのは誰なのか、いろいろと尋ねたいことがある。

私はゆっくりと身体を起こすと、階段を下りていった。

「ママ、今日は何を作っているの？」

「雑炊だ」

「ぞう……すい？」

「このあたりじゃ見かけない料理だ。メルセデスさんのところで、とても珍しい調味料を扱ってたから試してみようと思ってな」

キッチンには見知らぬ青年と少女が立っていた。

弱い火加減で何かを煮込み、料理をしているようだ。

「あの……」

私が意を決して声をかけると、青年が振り返った。

「やあ、エリスさん。目を覚ましたんだね」

「どうして私の名前を？」

「村で君の噂《うわさ》を聞いたんだ。境遇を聞いたら、他人事《たにんごと》とは思えなくて」

青年はとても優しい声で言った。

誰かにこうして気遣ってもらうのは、一体いつぶりだろう。

私はさらに詳しい話を聞こうと口を開く。

「それは――」

ぎゅるるる……

ところが、私の言葉を遮るように、お腹が鳴ってしまった。

青年たちがそれを聞いてわずかに笑う。

そういえば、もう何日も食べ物を口にしていなかった。

私が顔を赤くしていると、青年が手際よく皿を用意する。

「雑炊を作ったから、よかったら食べてくれ。前に本で読んだだけで、初めて作ったんだけど、味は保証する」

「いいんですか？」

私たちは初対面のはずだ。そのような厚意を受ける理由が見当たらない。

逡巡《しゅんじゅん》した私だったが、湧き上がる食欲には抗えず、食事をいただくことにした。

「美味しい……」

それは初めて味わう米料理だった。

卵でとじられたほどよくとろみがついた米は、鶏や魚の出汁《だし》を凝縮したような旨みがあり、不思議な酸味と甘さがあった。

リゾットに似ているけれど、それよりもあっさりとした風味だ。身体が芯から温まっていく。

なんだか無性《むしょう》に泣きたくなるような、優しい味わいだ。

「美味しいです。とてもっ……」

まるで作った人の労りを感じるような温もりに溢《あふ》れた料理だった。薄味に作られた一品が、疲れた身体に染み入る。亡くなった母の手料理を思い出す味に、自然と匙《さじ》が進む。

幼少の頃、身体が弱かった私はよく風邪を引いた。

その度に母が作ってくれたのが、鶏肉をショウガやニンニクで煮込んだスープだ。

風邪で弱った身体によく効く食材で作られていて美味しかった。

だから、私は風邪を引くとそれを辛く感じるのと同時に、少し嬉しくなったんだっけ。

この料理はそんな在りし日の記憶を呼び起こした。

「うっ……ひっく……」

私は思わず嗚咽《おえつ》の声を漏らした。

「えっ、どうしたんだ⁉」

青年が慌てた。

彼の反応は当然だ。人がいきなり泣き出したら、誰だって動転するだろう。

「うっうぅ……うわぁあああああああん‼」

私は声を上げて泣いた。

これまで誰も私を労ってくれなかった。認めてくれなかった。

この料理は誰かの都合に振り回されるばかりの人生で初めての、優しい気遣いだったのだ。

私には、それがとても嬉しかった。

私が泣き止むまで、青年はずっと背中をさすってくれた。

「落ち着いたか？」

「はい……すみません。取り乱してしまって」

見知らぬ男性に触れられているのに不思議と不快感はなく、私よりも大きな手に安心感さえ抱く。

この人は、父やユリアン閣下とは違う。

純粋に、私のことを心配してくれているのだ。

「こうして人に優しくされることが久しくなかったので、嬉しくて……」

我ながら、言っていて悲しくなる理由だ。

ただ食事をいただいただけで、私は激しく心を揺り動かされてしまった。

それほど、私は人の温もりに飢えていたのかもしれない。

「でも、どうしてここまでしてくださるんですか？」

青年は私を自分の家？　にわざわざ運んで、食事まで分けてくれた。

なぜ、見ず知らずの私に優しくするのだろう。

「どうしてって……そりゃ、目の前で突然倒れられたら放っておけないだろう？　それに、俺は君を勧誘《かんゆう》に来たんだし」

「突然倒れた？　勧誘？」

青年の返答に、眠る前の記憶が少しよみがえる。

そうだった。私は彼から移住に誘われたんだ。確かあの時、空を見たら大きな竜が……竜？

「竜です！　竜がいました。飛竜とは桁違いの大きさの……あれは一体？　この世の終わりですか!?」

私は巨竜の威容《いよう》に驚いて、気を失ってしまったのだ。

あれから、どうなったのだろうか？

「ここまで来たんだし、一から説明しよう。ちょっとついてきてくれないか？」

そう言って青年が私を外へ出るよう促した。

彼に導かれるままに家を出る。

「……え？」

私は目の前の景色に絶句した。

固まる私に、青年が穏やかな声で話しかけてくる。

「驚いたと思う。実はここは竜の背中の上なんだ。まだ復興途上で、今は協力者を集めている最中だ」

「いや、あの……これ……」

あまりに常識外れな光景に、私は言葉が上手く紡げなくなった。

「酷い目に遭ってきたんだろう？　君さえよければ、この空飛ぶ竜の大陸に移住しないか？」

青年の説明がまったく頭に入ってこない。

私は息を吸い込んで、叫ぶ。

「そ、空飛んでるぅうううううううううう!?」

それが、私が騎士を辞めて空に移住した、最初の日の出来事である。

◆
◆
◆

ということで、俺――レヴィンとエルフィは記念すべき一人目の移住者を迎えることとなった。

「エリス・ルベリアです。レヴィンさんとはほとんど年齢が変わりませんし、私のことはエリスと呼んでいただいて構いません」

「分かった。税金代わりに魔力を徴収することにはなるけど、もちろん命に関わるような量をもらうつもりはない。そこは安心してほしい」

俺はこの都市を復興させて、誰もが幸せに暮らせる楽園を作る。エリスにはこれからいろいろと協力してもらうつもりだ。

「私のような者を拾っていただいてありがとうございます。これから身を粉《こ》にして頑張りますので、改めてよろしくお願いします」

エリスが優雅な所作で一礼した。

貴族の子女だけあって、彼女はとても淑《しと》やかだ。

「こちらこそよろしく。とはいえエリスは病み上がりだから、しばらくは安静にしててくれ」

俺も片手を上げて、挨拶を返した。

さて、これで魔力の問題はわずかだが解決に向け進展した。

ただ、俺には復興とは別に心配があった。幼馴染のアリアのことだ。

マーレイ城の戦いはメルセデスさんから話を聞いた。アリアは《神聖騎士《セイクリッドナイト》》の力を最大限に活かして、エリスを倒そうとしたらしい。

しかし、その戦いぶりは、俺の知るアリアのものではなかった。

「一体何をやってるんだ……」

もともと、気が弱く優しい性格だったアリアだけに、エリスの弱点を徹底的に狙うような手段を選んだことが信じられなかった。

それに、川に毒を流したという話だが、果たしてその作戦は彼女の意志だったのだろうか？

祖国のため、勝利のためとはいえ、あの心優しいアリアが……ありえない。

「……俺に心配する資格はないか」

すでに俺は国外追放となった身だ。アリアの身を案じて口を出す資格など、あるはずがない。

「ひとまず切り替えよう。この都市をこれから住みやすい場所にしないといけないしな」

リントヴルムの背はすっかり廃墟と化している。

新たに住人が増えたのだから、やることは山積みだ。

俺は頭の中のモヤモヤした感情を振り払うと、これからのことを思案するのだった。

第三章

一方その頃。エルウィン王国の王都、ウィンダミアの王城にて。

「ウルゥウウウウウウ！」

庭園の上空に、猛禽類《もうきんるい》の叫び声が響き渡った。

「うわぁあ！　アーガス様のグリフォンがまた暴れ出したぞ‼」

「麻酔矢《ますいや》を使え。鎖《くさり》を千切られる前に眠らせるんだ！」

ここ数日、毎日のようにこのような騒ぎが起こっていた。

アーガスの前に現れたグリフォンは、他の飛行生物を支配することができる強力な聖獣だ。

しかし一方で、敵を見れば見境なく襲いかかる凶暴さを持っている。

もちろん、それも《聖獣使い《ホーリーテイマー》》の力があれば容易に抑えられるはずなのだが……

「なんでだ！　なぜ、僕の言うことを聞かない、エターナルスカイ！」

エターナルスカイと名付けられたグリフォンは、一度もアーガスの言うことを聞かなかった。

それどころか、脱走を図ろうと連日暴れては、無理矢理抑え込まれる状況が続いている。

「くっ……折角の聖獣だというのに、なぜ上手くいかん」

国王ドルカスはそんな様子を見て、歯噛みしていた。

強力な空戦部隊を作ろうと意気込んでいた彼だったが、今の状況に失望しつつある。

「ええい、ギデオンめ。さっさとあのグリフォンを制御する術を見つけるのだ」

エルウィン王国の命運は、書庫で聖獣を従える方法を調べているテイマー長、ギデオンに委《ゆだ》ねられていた。

◆　◆　◆

同時刻。

王城にある書庫にて、ギデオンの前には古びた書物があった。

――いずれ神竜がよみがえる時のために、この書を残す。

そう記された書物によれば、とうに滅んだと思われていた神竜族は実際は古代の遺跡で眠りにつき、よみがえる日を待っているのだという。

「『優れた《聖獣使い》《ホーリーテイマー》のもとには、本来の相棒とは別に神竜族の王族が舞い降りる。それがかつて我々が結んだ契約である。何十年、何百年、何千年先になるかは分からないが、彼らが再び現ればきっと我が国に大いなる加護をもたらしてくれるだろう』……だと?」

ギデオンの顔から血の気がスーッと引いていく。

彼が焦るのも当然だ。書物には、やがて訪れるはずの神竜の姿が描かれていた。

卵を破ったばかりの神竜はとても小さく、透き通るように白い皮膚を持ち、形はトカゲに酷似していた。

「ば、ばば、馬鹿な……これは何かの間違いだ!」

先日、レヴィンが国外追放となった経緯には、ギデオンの進言があった。

もしこの記述が真実であれば、ギデオンはエルウィン王国に大きな利益をもたらすはずだった存在を放逐《ほうちく》したことになる。

「そんなこと知るわけないだろうが！　こんなボロボロの書物、誰が読むというのだ!?」

ギデオンは能力を買われて、テイマー長の地位に就いたわけではない。

自分の出世の邪魔になる存在の足を引っ張り、陰謀《いんぼう》を巡らし彼らを追い落とすことで今の地位にいるのだ。

実力や知識は、並みのテイマー程度しかなかった。

「あわわわ……と、とにかく、どうにかしないと、今度は私の立場が危うい」

もはや、グリフォンを従わせるという当初の使命はギデオンの頭の中から消え去っていた。

彼はこの事実をごまかして、己の身を守ろうと必死に策を巡らす。

「まずはこの書物を処分しよう。どうせ古い本だし、もう誰も読まんだろう」

真実を知る者を出さないために、ギデオンは件の書物をこの世界から消し去ることを決意する。

「ギデオン！　あの獣を手懐《てなず》ける手段は見つかったのか!?」

「ひっ、ドルカス陛下!?」

そこへ、大声を上げながら、ドルカスが書庫に入ってきた。

ギデオンは慌てて書物を本棚に隠す。

「《聖獣使い《ホーリーテイマー》》ならどんな聖獣でも手懐けられる。貴様はそう言っておったな？」

「え、ええ。《聖獣使い《ホーリーテイマー》》は聖獣にとって親も同然。その命令には基本的に忠実でございます」

「ではなぜ、あのグリフォンは言うことを聞かんのだ!?」

「それは……」

ギデオンにはもうその理由が分かっていた。

アーガスが本当にグリフォンの主人であれば、あのように暴れ出すことなどありえない。

古びた書物には、神竜を授かる《聖獣使い《ホーリーテイマー》》には、神竜とは別に本来のパートナーがいると記述されていた。

これらのことから導かれる結論は、ただ一つ。

「ギデオンよ。まさかあのグリフォンの主人は、アーガスではないのではないか？」

「そ、そそそそ、そんなはずはございません‼」

ドルカスの圧に押されて、ギデオンの声が裏返った。

「へ、陛下もご覧になったでしょう？　アーガスの目の前にあの巨大な卵が舞い降りたのを。間違いなく、間違いなく彼が主人でございます！」

ギデオンは必死にごまかした。

グリフォンの主人はアーガスではなくレヴィンだ。それはもう疑うべくもない。

しかし、そんなことを認めてしまえばギデオンは間違いなく罰《ばっ》せられる。ここはなんとしてでも事実を隠し通さなければならない。

ギデオンの訴えを聞き、ドルカスが眉を寄せて言う。

「ふん……まあよい。貴様の仕事はこの馬鹿げた事態を収めることだ。引き続き、資料を探せ」

「お任せください」

ギデオンが深々と頭を下げると、ドルカスは書庫をあとにした。

「ふぅ……まったく、とんでもないタイミングで入ってくるものだ。心臓に悪い」

例の書物が見つからなくて本当によかったと、ギデオンは胸を撫で下ろす。

「しかし、一体どうすればいいのだ!?」

あの国王のことだ。

今起こっているトラブルの原因がギデオンにあると判明すれば、斬首《ざんしゅ》を命じるかもしれない。

「レヴィンを捜《さが》すか？　いや、やつがどこにいるか見当《けんとう》もつかん。そもそも、早々に野垂《のた》れ死ぬように樹海に送りつけてしまった。生きている望みはないだろう」

レヴィンを捜した結果、その死体を見つけてしまえばいよいよ終わりだ。

グリフォンを手懐ける手段も、神竜の力を手に入れる機会も永久に失われたということに他ならない。

「クッ……こ、こうなれば……」

この事態をどうにかするため、ギデオンはある決断をする。

「逃げよう。こんな国捨てて、静かに暮らそう。幸い貯蓄《ちょちく》ならそれなりにある。ついでにここにある稀覯本《きこうぼん》の類いを売り払えば、一生遊んで暮らせる金を手にできるだろう」

ギデオンは全ての責任を放棄して、逃亡を宣言した。

「待て。そんなことを許すと思うか？」

しかし、険《けわ》しい表情を浮かべた銀髪の男がギデオンの企みを阻んだ。

「あ、ああ、ああ……あなた様はぁあああああああああああ……!?」

「よもや貴様が元凶《げんきょう》だったとはな。随分と愚かな真似をしてくれた」

悲鳴を上げるギデオンの腕を掴んだ青年こそ、エルウィン王国の王位継承権第一位、ゼクス王子である。

グリフォンの様子を訝《いぶか》しんだゼクスは、独自にその原因を探っていた。

古い文献を調べようと訪れた書庫で彼は、ギデオンの失態、そしてそれを隠そうとしていた事実を偶然聞き止めたのである。

「ギデオン、貴様がこの国にもたらした損失は甚大《じんだい》だ、償ってもらうぞ」

ゼクスは凄まじい圧を発しながら、ギデオンをどこかへ連れ去っていった。

◆ ◆ ◆

エリスが初めての移住者としてやってきて、数日が経ったある朝。

俺――レヴィンはとある問題に頭を悩ませていた。

「このままってわけにはいかないよな……」

それは、他ならぬエリスのことだ。

成り行きで彼女を部屋に泊めているが、いつまでも男女が一つ屋根の下というのはまずいだろう。

俺は神樹の近くの祭壇に向かい、正八面体の魔導具で都市の管理機能を呼び出す。

——ようこそ、マスター。こちらは【リントヴルム市管理局】です。

【リントヴルム市運営状況】
管理人：レヴィン・エクエス
人口：4
都市ランク：F
実行可能なコマンド：【建造】【補修】【回収】

エリスの移住によって、人口が４に増えた点以外は特に変わりはない。

俺はさっと【建造】を選んで、エリスの住居を作ろうとする。

「とりあえず、俺たちの家の隣でいいか」

今は都市の魔力と資材が足りないため、木造の家しか選択できないようだ。

エルフィに聞いたところ、移住者を集めて人口を増やすと、よりよい家も作れるらしい。そのあたりは追々やっていくことにしよう。

「これでよし、と」

出来上がるのは一瞬だ。

【建造】する場所を選択し、我が家と同じ形状の家を建てると、俺はエリスのもとへ向かった。

部屋に入ると、エリスは目を覚ましていた。

俺はたった今、彼女用の家を建てたことを報告する。

「このまま俺たちが同じ家で暮らすってわけにもいかないしな。一軒家を隣に用意したから、そっちに引っ越すといい」

「そ、そうですよね。さすがにレヴィンさんたちも迷惑でしょうし……」

なんだかあまり気乗りしていない雰囲気だ。

俺は不安になって尋ねる。

「やっぱり、勝手に家を作っちゃまずかったか？」

「いえ、そういうわけじゃなくて……ただ、寂《さび》しいなと」

エリスから返ってきたのは、意外な理由だった。

知り合ったばかりの異性が側にいたら、警戒したり気疲れしたりするものだと思うが。

「私、あんな風に誰かと食事をするの、久しぶりだったんです。家族とはしばらく会っていませんし、騎士団でも浮いておりましたので」

そう答え、エリスが儚《はかな》げに髪をかき上げる。

だからといって、共に住むかは別の話だ。

俺は提案してみる。

「それなら、食事は一緒にするとか――」

「ううん。エリスもママと一緒にここに住めばいい」

唐突にそう提案したのはエルフィであった。

「平気そうに見えるけど、エリスはかなり【生命力《エーテル》】を消費してる。本当は結構辛いはず」

「……そうなのか？」

俺が見る限り、エリスの容体はここ数日で随分と落ち着いてきたようだった。

俺の問いかけに、エリスは恥ずかしそうに首肯する。

「ええ。隠し通せないものですね。実は動くのも億劫《おっくう》で、できればずっと寝ていたいぐらいです」

気付かなかった。

メルセデスさんから《暗黒騎士《ダークナイト》》の代償を聞いてはいたが、俺には想像力が足りていなかったらしい。どうやらエリスの容体は思っていたより深刻なようだ。

「というわけで、ここから追い出すなんて言わずに、私たちで責任持って面倒を見てあげるべき」

エルフィの言葉に、俺はハッとした。

確かに引っ越しを提案するのは早計《そうけい》だったかもしれない。

アリア以外の女の人と同じ家で過ごすことにためらいがあったが、エリスがまだ辛いのであれば、側にいてあげるべきだろう。

彼女自身も不安だろうし、引っ越しはあとでもいい。

俺は自分の案を撤回《てっかい》する。

「すまない。さっきの話は忘れてほしい。今後も一緒に住むかはともかく、身体の不調が治るまではここで療養《りょうよう》してくれ。食事とかも世話するから」

「……いいんですか？」

「ああ。今は身体を休めることに専念してくれ」

それにしても寿命を削る天職か。

いくら強大な力が手に入るとはいえ、とんでもない代償があったものだ。

そんなことを知りながら、周りの連中はエリスに力を使わせ続けたのか。

他人事《たにんごと》ながら怒りが湧いてくる。せめて俺くらいは彼女の望みを叶えてあげたい。

「何かしてほしいことないか？　食べたいものとか、不便があるとか」

「えっと……これまでもよくしていただいてますし、不便なことはない……です……」

そう言いながら、エリスがフラフラし始めた。

「エリス？　どうしたんだ？」

「な、なの……で、お構い……な、く……」

辛《かろ》うじて答えた直後、エリスはベッドに倒れ込んでしまった。


エリスが倒れてから二時間後。

一体、どうしてこうなったのだろう。

「あ、あーん……」

俺は匙で米を掬《すく》い、エリスの口元に運んだ。

彼女の望む通りにしてあげたい。確かに俺はそう考えた。考えていたのだが……

エリスが無邪気な笑顔を見せる。

「美味しい！　美味しいね、お母様のぞーすい……」

どうして、俺がエリスに雑炊をあーんして食べさせているんだ⁉


突然倒れ込んだエリスを、俺とエルフィは必死に看病した。

汗を拭ったり、額を冷やしたり、昔アリアが風邪を引いた時のようにやっていると、彼女はしばらくして意識を取り戻した。

そして奇妙なことを言い出したのだ。

「おかあさま……この前のぞーすい作って」

最初は寝ぼけているのかと気にせずにいたものの、なんだかエリスはボーッとしていて危なげな様子だ。

俺はエルフィに見張りを頼み、食事で体力を取り戻させるべく雑炊を作った。

ところが、俺が部屋に食事を運んできても、エリスの様子は妙なままだ。

「食べさせて……」

「えっ⁉」

「お母様が食べさせて！」

どうやら、彼女は幼児退行してしまったらしい。

という経緯で、この行為は　俺が何か不埒《ふらち》なことを目論《もくろ》んでいるというわけではない。

「な、なあ、自分で食べてみるっていうのはどうだ？」

「嫌！　もう私、疲れたもん！」

俺は何度か提案しているのだが、ことごとく拒否されてしまう。

どうしよう。エリスが駄々《だだ》っ子のようになってしまった。

「ずっと、お父様に認められたくて頑張ってきたのに、一度も褒めてくれなかった！　騎士になってからだってそう！　命を削って戦って、嫌いな人と結婚させられそうになって……大体、『若いうちに死ぬ方が好都合』なんて酷すぎるもん！　私は……私は……ただ普通の生活をして、たまにでいいから感謝されたり、褒められたりしたかっただけなのに……」

めまぐるしく感情を変化させながら、エリスが泣き出す。

恐らく、体力の限界で彼女の中に溜まっていた鬱憤《うっぷん》が一気に噴《ふ》き出したのだろう。

断片的に聞いただけでも、彼女の扱いは酷すぎる。

まるで、国を追われた俺のよう……いや、それよりもずっと酷い。

「エリス……」

限界を迎えていた彼女を放り出そうなんて、俺も随分と無思慮《むしりょ》なことをしたものだ。

俺は泣き崩れる彼女の頭をそっと撫でる。

「お母様……もうどこにも行かないで……」

どうやら俺のことを母親と勘違いしているようだが、今はそのままでいい。

彼女には心を落ち着かせる存在が必要だ。

「よし、決めた」

俺はエリスを苦しめているものを取り除こうと決意した。

一つは、彼女を蝕《むしば》む《暗黒騎士《ダークナイト》》の呪いをどうにかすること。

そしてもう一つ、とても大事なことがある。

側で心配そうに見守っていたエルフィが尋ねてくる。

「ママ、どうしたの？」

「ああ、これから退職届を叩きつけてやろう」

今のエリスはいわば脱走兵。

きっと、クローニア軍の人間が彼女を捜し回っているはずだ。

何せエルウィンとクローニアの戦いは、まだ終わっていないのだから。

だが、彼女が命を削ってまで戦う必要はない。

彼女を都合よく利用した連中に思い知らせてやろう。

◆　◆　◆

エリスが寝付いたのを確認して、俺とエルフィは地上に降り立った。

以前、食料を買いつけたシーリン村の近くには大きな湖がある。

この地域一帯の水需要を満たす大きな水瓶《みずがめ》で、エルウィン軍が毒を撒いた場所の一つだ。

壮麗な滝と湖畔《こはん》に佇む古城が風光明媚《ふうこうめいび》な場所だったそうだが、今は毒の汚染で見る影もない。

エルフィが周囲を一目見て、警告する。

「ママ、このあたりは凄く危ない。近づかない方がいい」

「そうはいかないよ。エリスの体調を回復させるには、ここじゃないといけないんだ」

シーリン村で、「最近になって湖に一匹の獣が棲みつき始めた」という噂話を聞いた。

村の人たちは、毒沼に獣が棲めるはずがないと笑っていたが、俺には心当たりがある。

――バイコーンだ。

一角獣《いっかくじゅう》と呼ばれるユニコーンの亜種《あしゅ》で、不浄なものを愛し、穢《けが》れた土地に現れる邪悪な聖獣とされている。

女神が遣わす聖獣にはそぐわない性質を持つバイコーンも、分類上は聖獣だ。

「バイコーンの角が採取できれば、エリスの呪いを解くことができるかもしれない」

不浄を愛する獣バイコーンの角には、毒や呪いの類いを無効化する力があるとされている。

エリスの不調は恐らく、《暗黒騎士《ダークナイト》》の呪いによるものだ。バイコーンを倒して角を手に入れたら、彼女の呪いはきっと解決するだろう。

「それにしても酷いな……」

エルウィンの撒いた毒で湖は汚染されていた。水の色こそわずかに濁《にご》っている程度だが、瘴気《しょうき》のような紫色のガスがあちこちから噴き出している。

「私の側にいれば無毒化できる。ママは長時間私から離れないようにして」

神竜族であるエルフィには、周囲の毒を無効化する力があった。

「さて、あれか？　バイコーンは」

湖の畔《ほとり》に漆黒の馬がいた。

水を飲んでいるのか、湖に頭を突っ込んでいる。

「毒まみれの水を飲んでるのか。また、随分と悪食《あくじき》だな」

普通の生物ならまともに飲もうとしないものを、バイコーンは平気で飲んでいた。さすが、不浄を好む獣なだけある。

「ママ、あの聖獣を倒せばいいの？」

「ああ、角には解呪の効果があるらしい。ただ、生きたバイコーンの角は尋常《じんじょう》じゃない硬さで、簡単には切り落とせない。過去の例だと、死に際に角が取れるのを狙ったそうなんだが……」

エルフィの力を借りれば、倒すのは難しくないはずだ。ただ、それがなぜかためらわれる。

一般的に、邪悪な聖獣と呼ばれているバイコーンだが、目の前にいる個体からはそのような凶悪さが感じられないのだ。

「バイコーンが飲んだあとは妙に水が澄んでいる……？」

よく見ると、毒の瘴気もバイコーンを避けているようだ。

バイコーンに限らず、あらゆる聖獣はその希少性から、生態には未知の部分が多い。解明されたと言われる情報についても、まだ間違いが多く含まれているのだという。

「もしかしたら、この情報も間違っていたのかもしれない」

不浄の地で目撃されるバイコーンだが、実は不浄の地を清めるために訪れているのだとしたら……あの個体も、不浄を好んでこの湖に居着いたのではなく、浄化のためにやってきたというのが真実なのではないか。おどろおどろしい漆黒の体毛も、毒の浄化を続けたゆえなのかもしれない。

もし俺の仮説が正しいなら、討伐して角を採取せずとも浄化の力が使えるはずだ。俺はバイコーンと対話を試みようとする。

しかし、その試みを邪魔する者が現れた。

「いたぞ！　例の穢れた聖獣だ」

大声を上げながら数人の騎士たちがバイコーンを取り囲む。

「……どういうことだ？」

それはクローニアの騎士ではなく、俺の祖国、エルウィン王国の騎士たちだった。

毒の瘴気を避けるためか、顔まで完全に覆う【防毒《ぼうどく》の兜《かぶと》】を身に着けており、その素顔は確認できない。

しかし、鎧は間違いなくエルウィンのものだ。

「バイコーンを見るのは初めてだが、伝承通り醜《みにく》い姿をしているな」

「無駄口を叩くな。閣下への手土産だ。なんとしても生け捕りにするぞ」

騎士たちは槍を構えると、じわじわとバイコーンに迫っていく。

エルフィは、凄まじいスピードで飛んでいくと、バイコーンをかばうように騎士たちの前に立ちはだかった。

「分かった」

「エルフィ、彼らを止めよう。バイコーンを殺させるわけにはいかない」

バイコーンが威嚇《いかく》するように唸《うな》った。

「ウゥウウウウウ!!」

「なんだ……？　翼の生えた少女だと？　見慣れん魔獣だな」

エルフィの姿が物珍しいのか、騎士たちの槍を構える手が止まる。

俺もエルフィを追いかけ、彼らのもとへ向かった。

「突然申し訳ありません。ですが、俺たちもそのバイコーンに用事があります。どうかここは退いていただけないでしょうか？」

無駄だとは思いつつも、俺は騎士に頼んだ。

しかし、その頼みを騎士は鼻で笑う。

「戯言《たわごと》を……待て、貴様の顔は見覚えがあるな。クズ卵を授かったレヴィンとかいうゴミテイマーじゃないか」

「クズ卵、だと？」

一人の騎士の発言に、俺は怒りが湧く。それはエルフィも同じだったようだ。

「ここは私が追い払う。あいつら、ママのことをゴミテイマーって言った！！！」

隣に立っていたエルフィが凄まじい魔力を放出して言った。

あまりの威圧感に、俺でさえ息が止まりそうになる。

「な、なんだ。このガキは……」

騎士たちが怖気《おじけ》づいている。

決着は一瞬でついた。

バイコーンを襲おうとしていた騎士たちは、エルフィによってあっという間に戦闘不能に追い込まれてしまった。

「ク、クソ……ならば数だ。数で押せ！」

騎士が叫ぶと、近くに隠れていたらしい増援が駆けつけてきた。

ざっと見ただけで数十人はいる。ここはクローニア領なのに、一体どこに潜んでいたのか。

「ええい。あの隷獣《れいじゅう》よりもテイマーの方を狙え！　今がチャンスだ」

騎士たちの矛先が俺に向いた。どうやら、俺を仕留めてからエルフィを狙うつもりのようだ。確かに、テイマーを相手にする場合は基本の戦術だ。

だが、俺も簡単にやられるわけにはいかない。

「隷獣……お前、よくもその言葉を使ったな？」

テイマーにとって、力を貸してくれる魔獣はかけがえのないパートナーだ。

しかし、それを忘れて、彼らを便利な道具としか思わない連中もいる。そうした者が使うのが、隷獣という蔑称《べっしょう》である。

「何もおかしいことはないだろう。人間に隷属《れいぞく》する下等な魔獣にはふさわしい名前だ」

許せない。エルフィは、俺を信頼して力を預けてくれているのだ。

都合のいい道具でも、奴隷でもない。

だから、俺はこう唱える。

「【魔獣召喚《サモンビースト》】」

詠唱と同時に、青い稲妻《いなずま》が走った。

そして、俺の身長ほどはあろうかという、大きな紅い獅子《しし》が現れる。

「ガァアアアアアアアアア！」

赤獅子が高らかに雄叫《おたけ》びを上げると、その全身が燃え上がり、炎の鎧となった。

かつて俺は《聖獣使い《ホーリーテイマー》》として、とある秘境で修業をしていた。

火属性の力を持つクリムゾンレオ――ルーイはその時にテイムした魔獣だ。

「レヴィン様、今回の敵はあの者たちでしょうか？」

「ふふ、軽く捻《ひね》ってあげましょうか」

「久々に喚び出したと思ったら、いきなりこれ？　人使いの荒いご主人様ね」

続けて俺を守るように三人の美しい戦士が立ちはだかった。

武人のような言葉遣いのルビー、おっとりとした雰囲気のサフィール、そしてどこかツンケンとした態度のトパーズ……彼女たち三姉妹は、いずれも神の御遣《みつか》いと称されるヴァルキリーと呼ばれる魔獣だ。

翼を持つ点を除くと、きわめて人に近い容姿をしているが、達人級の武術の腕を持っている。

「クズ卵だの隷獣だの、散々俺の相棒を馬鹿にしてくれたな。額が擦り切れるまで、地に頭をつけて謝ってもらうぞ」

「うぐぅ……て、撤退！　撤退だ!!」

俺が宣言すると、形勢不利とみたのか騎士たちはあっという間にその場から逃げ出してしまった。

なんという逃げ足の速さか。俺は少し感心してしまう。

ルビーが逃げ去る騎士たちを睨みながら尋ねてくる。

「レヴィン様、追いましょうか？」

「いや、いい。彼らの目的は気になるけど、それよりも今は優先すべきことがあるからな」

「グルゥ。僕、久々にご主人様の役に立てると思ったのに……」

俺の返事を聞いて、ルーイがしょんぼりとした。

見た目は獰猛《どうもう》な獅子のルーイだが、性格は穏やかだ。

「すまない。折角喚んだのに」

「申し訳なく思うんなら、久々にあんたのシチューを食べさせなさいよ。最近、ずっとほったらかしだったし」

トパーズの言う通りだ。

国を追い出されてから忙《せわ》しない日々が続いていて、みんなを気に掛けることを怠《おこた》っていた。

リントヴルムの背に帰ったら、彼女たちに手料理をごちそうしよう。

「ああ、みんなの好物を用意するよ。ここ最近の出来事や新しい家も紹介したいしな」

パートナーたちと約束し、俺はバイコーンへ向き直った。

「ウウウゥ……」

相変わらずこちらを威嚇するように唸っている。

しかし、攻撃はしてこない。

「大丈夫。その湖に毒があることは知っている。むやみに飲んだり近付いたりしないさ」

俺は穏やかに語りかけた。

勘が正しければ、このバイコーンは「湖に近寄るな」と俺たちに警告しているのだ。

「ウゥ……」

思いが通じたのか、バイコーンが低く下げた頭を戻した。

「ずっと誤解していた。邪悪な聖獣なんて言われているバイコーンだけど、そうじゃない。君は俺たち人間を守ろうとしてきたんだよな」

俺の言葉に、バイコーンは首を縦に振った。

この黒い体毛は、身体を張って穢れを受け止めた証だ。決して邪悪な気性を現したものではない。

実際に対峙《たいじ》して、その立ち居振る舞いを見れば分かる。

目の前にいるバイコーンはきわめて善良だ。見た目と生息地から誤解されていただけにすぎない。

当初はバイコーンを倒す予定だったのだが、愚かな考えだった。

「村の人たちのために水の浄化をしてくれて、本当にありがとう。そして、不躾《ぶしつけ》だが頼みがある。

呪いで苦しんでいる女性がいるんだ。どうか、力を貸してくれないか？」

俺は頭を下げてバイコーンに頼み込んだ。

「ウゥ……ウゥウゥ」

すると、バイコーンがゆっくりと俺の側にやってきた。そしてその身体が蒼白く光り始める。

「これは……絆の光？」

どうやら俺は、このバイコーンから信頼を得たようだ。

「よし、バイコーン……いや、君の名前はエーデルだ。これからよろしく頼む」

俺はバイコーンの頭をそっと撫でると、【契約《テイム》】と唱えた。

バイコーンの発する光がまるで運命の糸のように、俺の腕に絡む。

「我が主よ、これからよろしくお願いいたします」

光が収まると同時に、エーデルが答えた。

【契約《テイム》】した魔獣は人語を理解し、人間と話せるようになるが、エーデルも例外ではない。

とても礼儀正しい女性の声……どうやら彼女はメスだったようだ。

エルフィが自分のことのように胸を張って言う。

「さすがママ、また聖獣を仲間にするなんて」

こうして俺は、新たに心強い仲間を得たのであった。

◆ ◆ ◆

さて、新たな仲間を迎えた俺たちが家に戻ると、エリスが頭を抱えて悶《もだ》えていた。

「あ、あ……あああ……ああああああああああ！」

「えっと……一体どうしたんだ？」

今朝はエリスの看病をしたあと、彼女が眠ったのを確認して俺とエルフィはバイコーン捜索《そうさく》に出たのだが……

「あああああ、私はなんであんな恥ずかしいことを……うわぁあああああああ！」

どうやら彼女は我に返って、朝の振る舞いを思い出したみたいだ。

「まあ、あれだ。体力がなくなって限界だったんだ。仕方ないよ」

「で、ですが、恩人のレヴィンさんにあんな迷惑を……」

まあ、自分の母親と誰かを間違えて呼ぶ……というのは確かに恥ずかしい。俺だって恥ずかしい。

昔、学問所で教師のことを母さんと呼び間違えたことを思い出して、彼女に同情してしまう。

とはいえ、こんな話をしている場合ではなかったな。俺は話題を変える。

「それよりも、実は試したいことがあるんだ。体調がよさそうなら、ちょっと外に出てもらってもいいか？」

首を傾げるエリスを俺は外に連れ出した。

「レヴィン殿、その方が？」

家の外では、バイコーンのエーデルが俺たちを待ち受けていた。

リントヴルムの背に戻ったあと、【魔獣召喚《サモンビースト》】でこちらに喚び出したのだ。

「バ、バイコーン……!?」

咄嗟に、エリスが俺の腕を引いて背にかばった。

彼女の方が病人なのに、なんだか立場が逆なような気がするな……

俺はエリスの誤解を解く。

「エリス、大丈夫だ。彼女の名前はエーデル。俺と契約した聖獣だ」

「エーデルと申します。エリスさん、よろしくお願いします」

エーデルが礼をした。

その威風堂々《いふうどうどう》とした佇まいにふさわしい、貫禄《かんろく》ある所作だ。

「あ、そ、そうなんですね……すみません、失礼な真似をしてしまいました」

エリスが慌てて頭を下げる。

無理もない。バイコーンは穢れた存在だというのが世間一般の認識だ。

俺をかばおうとしたエリスの反応が普通だ。

「それで、試したいことってなんでしょう？」

「ああ。バイコーンは呪いを浄化する力を持っている。それでエリスの呪いをどうにかできないかと思って」

エリスは《暗黒騎士《ダークナイト》》の力を引き出すために大きく寿命を削った。

そんな彼女の呪いを、エーデルの力で解こうというのが俺の考えだ。

「どうだろうか、エーデル？　《暗黒騎士《ダークナイト》》の呪いをどうにかできそうか？」

エーデルがエリスの側に寄ると、静かに目を瞑った。

「ふむ。どういうわけかエリス殿の体内の生命力を、天職が吸い上げているようですね」

生命力を吸い上げている……ということは、それがどこかに消え去ったわけではないのか？

俺はエーデルにさらに尋ねる。

「解決策はありそうか？」

「はい。私たちバイコーンには呪いを反転させる力があります。それを使えば、天職の力を行使する度に吸い上げられていた生命力を、彼女に返還することができるでしょう」

「ほ、本当ですか!?」

エーデルの診断を聞いて、エリスが目を輝かせた。

「早速、試してみないか、エリス？」

「そうですね……でも、少し不安です」

エーデルの言葉によれば、効果を試すにはエリスが《暗黒騎士《ダークナイト》》の力を行使する必要がある。

ためらうのも当然だ。

「失敗する可能性を考えると、やっぱり怖いよな」

「それなら、私に任せてほしい」

俺たちが思案していると、エルフィが名乗りを上げた。

「私なら人の生命力の流れを感じ取れる。もし、エーデルの力が上手く働いていないようだったら、すぐに私が止める。エリスが傷つくようなことには絶対にさせない」

そういえば以前、エルフィはエリスの生命力が減っていることを見抜いていた。

彼女の力を借りれば、実験の安全性が高まるな。

エリスが真剣な面持ちで告げる。

「……分かりました。折角、レヴィンさんが私のために、力を尽くしてくれたんです。私も挑戦してみようと思います」

こうして、エリスの生命力を取り戻す実験が始まった。


家の側にある瓦礫を【回収】で撤去して、広い場所を確保する。

「では、エリス殿は私の側に」

エーデルがエリスを近くに寄るよう招いた。

「呪いの反転は、私の側にいる時にしかできません。あまり離れないようにしてください」

「はい。よろしくお願いします、エーデルさん」

さて、エリスたちの準備は整った。

「そっちの準備はいいか?」

俺は召喚したヴァルキリー三姉妹に話しかけた。

「いつでもいけます」

「私も大丈夫よ」

「でも、本当に私たちが全力で攻撃してもいいのかしら？」

ルビー、トパーズ、サフィールの返事を聞いて、俺は頷く。

実験の方法はシンプルだ。

ヴァルキリーたちの攻撃を、エリスが《暗黒騎士《ダークナイト》》の力で防ぐ。

その瞬間、生命力が吸い上げられる呪いの効果をエーデルの力で反転させ、本当に彼女の生命力を取り戻せるのか試すのだ。

「レヴィンさん、私も覚悟ができました。どんな結果になっても、それを受け入れます」

エリスが力強い視線を向けてきた。

「よし、早速始めよう。みんな、頼む」

「どうなっても知らないからね」

トパーズが答えると、三姉妹は揃って得物を構え、魔力の砲撃を放った。

――ドォオオオオン！

攻撃がエリスに直撃すると、凄まじい轟音が響き渡り、大量の砂埃が舞い上がる。

「ど、どうだ？」

俺はエルフィの様子を窺った。

彼女は真剣な表情で事態を見守っている。

「これは――」

「レヴィンさん、やりました。やりましたよ！」

エルフィの言葉にかぶさり、威勢のいいエリスの声が響いた。

やがて砂埃が払われると、中から彼女が姿を現す。

エリスの手には巨大な剣が握られ、その全身は漆黒の鎧を纏い、背中にはオーロラのような輝かしい翼が広がっていた。

見た目が変化している……これが完全に力を解放した《暗黒騎士《ダークナイト》》の姿なのかもしれない。

「なんだかすっごく好調なんです！　今までの身体のだるさが嘘みたい!!」

物々しい身なりをしたエリスが、無邪気にはしゃいでいた。どうやら実験は成功のようだった。

「よかった……」

俺はほっと胸を撫で下ろした。

サフィールとルビーが口々に言う。

「あらあら、私たちの攻撃で無傷なんて、少し悔しいわね」

「対峙しているだけで分かります。凄まじい力です」

ヴァルキリーたちの攻撃はかなり強力だが、それを完全に無効化するとは……

しかし、一番大事なのは、彼女が元気を取り戻したことだ。

「凄い！　凄いです!!　とても身体が軽いです」

エリスは仰々しい装いを解くと、感極まったのかこちらに向かって走り出す。

「ありがとう……ありがとうございます、レヴィンさん！」

喜びを全身で表現するかのように、エリスは俺に抱きついた。

「エ、エリス。さすがに照れくさいぞ」

「ごめんなさい。でも私、嬉しくて……この喜びを分かち合いたいんです」

「そうか……そうだよな」

俺は無事でよかったという思いを込めて、彼女の頭をそっと撫でた。

「二人だけでずるい。私も交ぜて」

直後、エルフィまでもが抱きついてきた。

かくして、俺は一人の少女の呪いの問題を解決した達成感に浸《ひた》るのだった。

◆　◆　◆

数時間後。

「ママ、一体何を作ってるの？」

俺が生地をこねていると、不思議そうにエルフィが覗き込んできた。

「これからスコーンを焼こうと思ってな」

「スコーン？」

「小麦粉に砂糖やバター、ミルクを練り込んで焼き上げる菓子だ」

エリスの呪い問題が解決した祝いと、俺の以前からのパートナーである、ルーイとヴァルキリー三姉妹を労るためのおやつというわけだ。

「折角、石窯があるんだから、活用しないと」

「ふーん、じゃあこの窯で焼くんだ」

「ちなみに火をおこしたのは僕です」

声の主を捜し、ちらちらと周囲を見渡すエルフィを見て、俺は床を指差す。

「下だ、下」

そこには、子犬のようなサイズの赤獅子がいた。

エルフィが目を見張る。

「もしかして、ルーイ？」

「はい。ルーイです」

本来の姿はかなり大きいルーイだが、身体のサイズを調整する能力がある。

おかげでこうして室内に彼を連れてくることができるのだ。

「か、可愛い……」

小さくなったルーイを見て、エルフィが目を輝かせた。

「だっこしていい？　撫でていい？　もふもふしていい？」

「もちろんです、エルフィさん」

もともと穏やかな性格だけあって、こちらの姿の方が似合っている。

エルフィも気に入ったようで、ルーイを抱き上げると、その毛並みを堪能《たんのう》し始めた。

「もふもふ、もふもふ……癒やされる」

「火をおこすのって地味に大変だからな。ルーイがいてくれて助かった」

火属性の魔獣であるルーイは、火を吐くぐらいのことは造作もない。

小型化すれば家の出入りも容易であるため、料理をする俺は大いに助かる。

「僕でよければいつでも頼ってください。ご主人様のためなら、なんでもします」

「見上げた忠誠心《ちゅうせいしん》。私も見習わないと」

俺の相棒同士、仲良くやっていけそうで何よりだ。

二人のやり取りにほのぼのしていると、エルフィが質問してくる。

「そういえば、ママはルーイとどうやって出会ったの？　明らかに強力な魔獣だけど」

「そうだな……」

俺は記憶の糸をたぐる。

あれは、俺が《聖獣使い《ホーリーテイマー》》の天職を授かったばかりの頃だ。

「修業の一環で、『何か強力な魔獣をテイムしてこい』と言われた俺は、とある秘境に行ったんだ」

みっちり知識を叩き込んだとはいえ、急な実践練習。今思えばエルウィンは厳しいお国だった。

俺は生地を型で抜きながら、話を続ける。

「よく獅子は我が子を千尋《せんじん》の谷に落とすなんて聞くが、クリムゾンレオは本当に谷底に子どもを落とすんだ。ルーイとはそこで出会った」

「そうなの？」

エルフィが驚いたようにルーイを見つめる。

「本当ですよ。最初は僕のために獲物を捕まえてくれたお母さんでしたが、ある日、自分で獲物を狩ってこいと谷底に放り込まれてしまって。気が弱くて、飢え死にしかけていた僕を救ってくれたのがご主人様だったんです」

ルーイの説明を聞いて、エルフィは納得したみたいだ。

とはいえ、まだまだ気になることがあるらしく、さらに尋ねてくる。

「じゃあ、ママが美味しい食べ物で餌付けしたたって感じかな？」

「いや、俺は飢えない程度のハムしか与えてない。甘やかしたクリムゾンレオはすぐに命を落とすからな」

「ご主人様は僕に食料をくれたあと、狩りの練習に付き合ってくださいました。僕でも狩れそうな獲物を探してくれたり、本当に危ない時は援護してくれたり」

真に獅子の信頼を勝ち取るためには、狩りの腕を上達させるのが近道だ。

頷く俺に、エルフィが手を打つ。

「なるほど、そういう愛もあるんだね」

「立派に獲物を仕留められるくらい強くなった頃には、絆の光を発して【契約《テイム》】できるようになっていた。そして、ルーイは俺の最初のパートナーになったってわけだ」

「むぅ……私がママの初めての相棒だと思ったのに」

「聖獣ではエルフィが初めてだよ……と、話しているうちに準備ができたな」

俺は出来上がった生地を窯の中に入れる。

火加減はバッチリ。あとは焼き上がるのを待つだけだ。

窯を眺めながら、俺は呟いた。

「それにしても、実家で使っていた石窯より大型で性能がいいな。しっかりとした造りをしている」

「これでも最低ランクの設備。町が復興すればするほど、いい道具が使えるようになる」

住人こそ増えたが、それ以外の復興についてはほとんどノータッチだ。

そのため、俺はここでできることをまだまだ把握していなかった。

エルフィがさらに都市の仕組みを解説する。

「都市ランクが上がれば上がるほど、より高技術の道具が解放される。今はママが慣れ親しんだものばかりだけど、そのうちもっと便利な魔導具になるはず」

「それは楽しみだな」

最低限の物資でやりくりするのも楽しいが、それは長い貧乏生活でそういう生き方に慣れたからだ。

新しくよりよい調理器具を、快適な暮らしを、と望んだことはある。

「都市ランクをチェックしてみようか」

俺は持ち歩くことにした正八面体の魔導具を取り出し、都市管理機能を呼んだ。

【リントヴルム市運営状況】
管理人：レヴィン・エクエス
人口：9
都市ランク：F＋
実行可能なコマンド：【建造】【補修】【回収】
実行可能な新規コマンド：【非常食製造】

「やっぱり、テイムした魔獣も人口にカウントされるみたいだ」

ルーイにルビー、サフィール、トパーズの三姉妹、そしてバイコーンのエーデル。新しく五人の住人が増えたという扱いらしい。

三姉妹にはさっき家を用意したし、エーデルにも簡素ではあるが小屋を準備した。

以前から俺と契約しているルーイたちだったが、リントヴルムの背で暮らそうと決めたことで住人とカウントされたようだ。

「都市ランクが少しだけ上がっているな」

FからF＋になっている。まだまだではあるものの、確実に前進していると言えるだろう。

管理局のアナウンスが聞こえてくる。

——おめでとうございます。住人の増加に伴って、貯蔵魔力が一定値を超えました。新たな道具【冷蔵庫】を解放します。


「レイゾウコ？」

なんだか聞き慣れない単語が出てきた。

隣にいたエルフィが目を輝かせる。

「そう、冷蔵庫。これはかなりレアで便利だよ、ママ。古代都市で活用されていた、氷属性の魔法を組み込んだ魔導具だ」

「どうやって使うんだ？」

俺が尋ねると、エルフィが冷蔵庫とやらの設置を促した。事前に映る光の像を見る限り、どうやら縦長の物体のようだ。

俺はエルフィに言われるまま、とりあえず冷蔵庫を置いてみる。

「なかなか大きいな」

幅は俺の片腕ぐらいで、高さは俺の背丈より少し高い。

「なんと、食材を冷蔵保存できる優れものなのです」

エルフィは腰に手を当てながら自慢げに解説を始めた。なんだか口調も丁寧だ。

「冷蔵保存……氷室《ひむろ》みたいなものか？」

「収納場所によって温度が違うので冷凍《れいとう》も可」

それが本当なら便利極まりない。

俺は早速取っ手を引っ張り、冷蔵庫を開けてみる。

「おお、ひんやりしてるぞ……」

すっからかんの空間から冷気が漏れ出るのを感じた。確かにこれなら冷蔵保存ができそうだ。

「保存が利く物を中心に食材を買ってたけど、これからはそういう心配が減るだろうな」

「ちなみに冷蔵、冷凍の機能に加えて、物の劣化《れっか》を遅らせる魔法が組み込まれているから、ママの想像以上に保存が利くはず」

「……夢のような機能だ」

冷凍技術が扱えるのは、魔法が使える者、寒冷地に住む者、贅沢に氷が使える者などに限られる。

当然、我が家では使えなかった。捌かれたばかりの肉を手に入れても、すぐに調理したり、塩漬けや燻製《くんせい》にして保存したりするしかなかったのだ。

「でも、もうそんなことしなくてもいいんだな」

胸に込み上げてくるものがある。

貧乏な暮らしにおいて、食料の保存は悩みの種であった。

保存の利く物ばかりでは栄養が偏《かたよ》る。かといって、新鮮なものを食べるために毎日買い物に行く金銭的な余裕はない。安く仕入れるなら大量買いが基本だ。

そうした制約の中で日々の献立《こんだて》を考えていた俺だったが、ついにその苦悩から解放されるのだ。

「うぉおおおおおおおおおお！」

俺は思わず雄叫びを上げた。

「これでみんなにもっと美味しい料理を作れる！　新鮮な食材を提供できる！　バリエーション豊かなメニューにできるぞ!!」

「ママ……そこまで真剣に私たちのことを考えて……」

【契約《テイム》】したパートナーの栄養事情を管理するのは俺の仕事だ。

今はエリスだっている。日々の食事を考えるのは当然のことだ。

「でも、ご主人様。肝心の食材は、これからどうやって用意するんですか？」

食料は買い込んであるから、しばらくの食事は困らない。しかし、その次はどうするのか。資金は底を突いた。

「そうだ……農業をしよう」

俺は自給自足の道へ踏み出す決意を固めた。


「さて、おやつの時間だぞ」

自宅の外に置いたささやかなテーブルに、焼き上がったスコーンと紅茶を並べる。

「あらあら、スコーンですか？」

「レヴィン様の手作り、久しぶりですね」

サフィールもルビーもスコーンが好きだから、二人とも嬉しそうだ。

俺はテーブルに皿を置きながらメニューを補足する。

「それぞれの好みに合わせて付け合わせを準備した。サフィールには甘すぎず、コクのあるクロテッドクリームを、ルビーは塩気が欲しいだろうと思ってハムを用意した。トパーズには甘いハチミツだ」

「あら、気が利くじゃない、レヴィン。ちょうど甘いものの気分だったのよ」

うむ。どうやらトパーズにも気に入ってもらえたようだ。

《聖獣使い《ホーリーテイマー》》たる者、仲間の好みを把握するのは大事なこと。信頼関係を維持しなくては。

「それと、夕飯はシチューの予定だ。牛肉じゃなくて、チキンをたっぷり使ったやつだ。もちろん、野菜はごろっとしたサイズに切るぞ」

「あ、あんた……私の好きなシチュー、覚えてたの？」

エーデルを捜しに向かった湖で、トパーズはシチューを食べたいと言っていたからな。

早速それを作ることにしたのだ。

「どうだ、嬉しいだろ？」

「うん……かなり、嬉しいかも」

トパーズが顔を真っ赤にさせて頷く。

ヴァルキリーは基本的に古代の遺跡で眠りに就き、侵入者を撃退する時だけ起きる生態であるため、食事はしない。

それでも、食に対する憧れはあるらしく、トパーズをはじめ三人とも俺の料理の虜《とりこ》だった。

俺とヴァルキリー三姉妹のやり取りを、エリスが物珍しそうに見つめて言う。

「レヴィンさん、随分皆《みな》さんと仲がいいんですね」

「パートナーは俺を助けてくれる心強い存在だ。快適に暮らせるように心を尽くすのは当然じゃないか？」

【契約《テイム》】した魔獣はその相手を信頼しているからこそ、力を貸してくれるのだ。

厚意に甘えて、一方的に尽くさせるようでは主人失格だ。

そう思って言うと、エリスは首を横に振る。

「私も何回かテイマーの人に会ったことありますけど、こんなに【契約《テイム》】した魔獣を気に掛ける人は初めて見ましたよ。他の人は、魔獣は自分に従うのが当然！　といった雰囲気というか」

「そうなのか？」

「少なくとも、味の好みまで把握している様子はありませんでした」

それはエリスの出会ったテイマーが特殊な気がするが……まあ、俺の知り合いにもアーガスやギデオンのようなテイマーとして悪い噂がある連中がいるわけだしな。

「それはさておき、俺はエリスの好みも知りたいな。一緒に住むことになるんだから」

「い、一緒にですか？　わ、私とレヴィンさんが!?」

「ああ。エリスさえよければ、食事は今まで通り俺が用意するよ。実家でも家族の食事を作っていたしな」

容体が回復した以上、いつまでもエリスと同じ屋根の下で生活するわけにはいかない。

とはいえこの都市で一緒に暮らす仲間なんだ。いろいろと協力したい。

「そうですか……これからもずっとレヴィンさんと……」

俺が思いを馳せる一方で、エリスはやたらともじもじしていた。

「炊事《すいじ》までお任せするのはなんだか気が引けますけど、レヴィンさんの料理はとても美味しいですし……今後も同居するなら、私は引っ越さなくていいってことですよね？」

「えっ、同居？」

一体エリスはなんの話をしているんだ？

「うぅ……私ったらとんだ早とちりをしてしまいました」

「いや、俺の言い方が悪かったんだ」

真っ赤になったエリスに、俺は頭を下げた。

「（この都市に）一緒に住む」と言ったつもりだったんだが、それが同居の誘いに聞こえてしまったらしい。

とりあえず説明したが、確かに俺の言い方が足りていなかった。

「こいつはたまに一言足りないのよ。あんな誤解を招く言い方して」

「そうね、トパーズちゃんも早とちりして、気が気じゃなくなっていたものね」

「そんなことないから！」

というか、サフィールは俺の発言に語弊《ごへい》があると気付いていたなら教えてくれてもよかったのに。

彼女はこういう時、あえて黙っていて、慌てふためく人をからかう悪癖《あくへき》がある。

咳ばらいをして、俺は話題を変える。

「ともかく、おやつの時間にしよう。これからのことも話し合いながらだけどな」

俺は今後の都市について、今考えている計画をみんなに伝える。

「ママ、畑で自給自足をしたいの？」

エルフィの質問に、俺は首肯した。

「ああ。しばらくは食料があるけど、将来的には自分たちで用意しなきゃいけなくなる」

【建造】を使えば、【畑：小】を作ることができる。

みんなで協力すれば、ある程度の自給自足は可能なはずだ。

「我々はレヴィン様に忠誠を誓っております。遠慮なくご命令ください」

どうやらルビーたち三姉妹は賛成のようだ。

「特に私とサフィールはこういうのに向いてるしね」

「そうなのか、トパーズ？」

「私は光属性、サフィールは水属性の性質を持っているから、【陽光《ようこう》】と【慈雨《じう》の恵《めぐ》み】っていう力が使えるのよ。それを使えば栽培のスピードを早めることができるわ」

戦闘ではよく頼りにしていたヴァルキリーたちだが、そういった農業向きの力もあるのか。

長い付き合いでもまだまだ知らないことだらけだ。

「その点では、私は二人ほど役に立てません」

気まずそうにルビーが言った。

彼女の性質はルーイと同じく火属性だ。だからか、農業向きの力は持っていないみたいだ。

「ですが、私は腕力を活かして農作業に従事いたします。ヴァルキリーの体力であれば、かなり貢献できるはずです！」

「でもルビーの負担が増えないか？」

「いえいえ、私は身体を動かすことが好きなので！　ただ、精の付く肉料理を……レヴィン様に作っていただければ、嬉しいのですが」

ルビーは肉料理、それも脂身が少ない赤身の牛肉が大好きだ。

ステーキを焼いてあげれば、きっと喜んでくれるだろう。

「ルビーにはこれから大変な仕事を任せるんだ。それくらいお安い御用だよ」

とはいえ、畜産《ちくさん》はまだこの都市では対応できないな……牛肉を用意するには金が必要だ。

やはり、俺が出稼ぎに行くべきだろう。ルーイを伴って冒険者業でもするか？

その時、エリスがぼーっとしているのに気が付いた。

「……エリス？」

「あ、レヴィンさん。どうかされましたか？」

「いや、どうしたというのは俺が聞きたいぞ。エリスこそ、ぼーっとしてどうしたんだ？」

「その、落ち着いて考えると、いろいろと凄いことになってしまったなと」

「そうか？」

「はい。私は一応、クローニアの騎士です。それを、こんな形で出てきてしまってよかったのかと少し心配で」

エリスの言いたいことは分かる。

彼女は俺と違って国を追い出されたわけじゃない。

役目を果たさず逃げ出したことに、負い目を感じているのだろう。

「エリスが不安に思うのは、逃げ出したらいけないっていう刷《す》り込みがあるからなんじゃないかな」

「刷り込みですか？」

「エリスは政略結婚の駒として育てられてきた。それなのに天職を授かったら、今までの生き方を捨てて騎士になれって言われたんだろ？　貴族の義務だからって、命を削って戦ってきた」

ある程度、エリスの事情は聞いている。

父親の方針に従い、彼女は人生を縛られてきた。

「だから、君の中にはそういうお父上の考えが根付いてるんじゃないかな？」

「そう、かもしれないです」

「これからどうしたいか、改めて考えてほしい。義務や責任からじゃなくて、エリスが心の底から望んでいることを教えてほしいんだ」

「それは……」

エリスが一呼吸置く。

「貴族の立場に興味はありません。私はここでレヴィンさんたちと、穏やかに暮らしたいです」

「なら決まりだ。準備が済んだら、明日にでも地上に降りよう」

「え……？　どうしてですか？」

彼女の呪いを解くことともう一つ、以前にも考えた、彼女が自分の人生を生きるために必要なこと。

「君のお父上とユリアンって人に、はっきり言ってやるんだ。『もう、あなたたちの言いなりにはならない』って」

◆　◆　◆

同時刻。マーレイ城の司令室にて。

「まったく……エリスのやつめ、一体どこへ消えた⁉」

クローニア軍の指揮官、ユリアンは苛立ちを見せていた。

「も、申し訳ございません、ガストン閣下。まさか、娘が失踪《しっそう》するとは思いもよらず……」

そんなユリアンに頭を下げるのは、エリスの父、ヘンリーだ。

娘の失踪を聞いて、慌ててユリアンのもとに馳せ参じていた。

「まったくだ。エルウィン軍の撃退に成功したとはいえ、まだ白銀の悪魔が残っている。やつを仕留めるためにも、役に立ってもらわねばならないというのに！」

先日、エルウィン軍は、エリスを仕留めるために大量の魔法と弓矢による攻撃を行った。

結果としてその作戦は失敗し、武器が底を突いたエルウィン軍は一時的に退いている。

「承知しております。私の方でも、娘を見つけ出せるように努力を――」

「努力だけでは足りんわ！」

ユリアンが怒鳴った。

「あれほど強く、美しい女はそうはおらん。第一、貴様がやつの嫁ぎ先に困っていたところを私が拾ってやったのだぞ！　努力ではなく結果を見せよ‼」

「か、かしこまりました」

ヘンリーは再び深く頭を下げる。

ルベリア子爵家のいっそうの繁栄のために、ガストン公爵家の力添えは必須だ。

だからこそヘンリーはユリアンに取り入り、娘を嫁がせることを約束した。

それだけに、ヘンリーは無責任にも逃げ出した娘への怒りが抑えられない。

「くそっ、エリスめ……どうしてルベリア家の発展のために、努力をしない？」

貴族家の長男として生まれ、家の発展のために尽くしてきたヘンリーにとって、エリスの行動は不可解だった。

「なんとしてもお前を見つけ、連れ戻してやる」

ヘンリーは決心するとその場をあとにした。

その背中を見ながら、ユリアンは今後のことに思案を巡らす。

「エルウィンは退いたがそれも一時のこと。きっと、すぐにまた侵攻してくる。クソッ……どうして今さらやる気を出すんだ!?」

ユリアンは嘆きのあまり叫んだ。

もともと、ガストン家は国境でエルウィンからの侵攻を抑えてきた名門貴族家である。

しかし、国境に砦を次々と建て、何度もエルウィンからの侵攻をあしらってきた結果、侵攻の回数が激減して実戦の機会が減ってしまっていた。

そのせいで兵の練度は低く、騎士をまとめるユリアンも戦場慣れしていない。

「エリスだけが頼りだというのに、なぜ逃げ出した？」

ユリアンとて、自軍の戦力は把握している。今のエルウィン軍の勢いを止めることは不可能だと理解していた。

そもそもエルウィンには《神聖騎士《セイクリッドナイト》》のアリアがいる。的確な指揮と味方への支援効果で、集団戦において無類の強さを誇る彼女に対抗するには、エリスのようなS級天職持ちが必要だ。

「まったく、私が妻にしてやるというのに何が不満なのだ！」

ユリアンは、エリスの能力と容姿にしか興味がない。

そのため、彼女がどういう思いを抱えているのか、まったく理解していなかった。

そこへ一人の兵士が駆け込んでくる。

「し、失礼いたします！　エルウィンが侵攻を再開しました!!」

「な、なんだと!?」

ユリアンの血の気がスーッと引いていく。

前回の戦いでエルウィンはかなりの武器を消費し、兵たちを消耗させている。

再侵攻にはしばらく時間がかかると踏んでいたため、数日で態勢を立て直すとは予想していなかったのだ。

「ええい……とにかく籠城《ろうじょう》だ。どういうわけか湖や付近の川は浄化されたようだしな。城には立ち入らせず、敵を消耗させるのだ。それと、エリス捜索の人員を増やせ！　なんとしても、あの女を見つけ出すのだ」

「我が軍の戦力が分散いたしますが、よろしいのですか⁉」

「どのみち、あの女がいなければ勝ち目はない。明日は私も捜索隊に同行するから、そのつもりでいろ！」

ユリアンはじきに城が落とされるであろうことを確信していた。

だが、彼はここで城と心中するつもりなど欠片もなかった。

◆　◆　◆

ユリアンが籠城を決める少し前。

「再攻撃ですか？」

エルウィン側の砦では、レヴィンの幼馴染、アリアに戦闘再開の指示が出ていた。

アリアの上司であり、今回の作戦の総司令官でもある男、ブレンダンが言う。

「うむ。マーレイ城前での戦闘以降、クローニアからの反撃はない。貴公の想定通り、例の《暗黒騎士《ダークナイト》》は戦場に出られない状態にあるのだろう」

《暗黒騎士《ダークナイト》》ただ一人を撃破するために行った先日の物量作戦は失敗に終わった。

エリスを倒しきる前に武器と兵の魔力が尽きてしまったのだ。

しかし、それを好機としてクローニア側からの反撃がなかったことから、エルウィンではエリスが戦闘不能に陥っているという推測が出ていた。

「お言葉ですが、負傷した兵が多く、魔力も回復しきっていない状況で再侵攻を行うのは、得策とは言えません」

アリアは反対意見を述べた。

物量作戦を実行する以前の戦いから、兵士たちはすでに負傷している。だから、エルウィン軍も再攻撃をためらっていたのだ。

しかしブレンダンは譲らない。

「《神聖騎士《セイクリッドナイト》》の力があれば、兵たちは奮励努力《ふんれいどりょく》する。多少の怪我も問題なかろう？」

アリアの天職は、自身の魔力を消費して、仲間の戦闘力を向上させることができる。

また、《神聖騎士《セイクリッドナイト》》のカリスマにあてられた者は、痛みを忘れた戦闘が可能だ。

アリアは必死に反論する。

「痛みを忘れるだけで、傷がなくなるわけではありません。無理に戦闘を繰り返せば後遺症《こういしょう》が残ります」

「今更、人道を語るつもりか？　我が軍の作戦は貴公の発案によるものだろう。あの毒を用いた作戦も――」

「あれは閣下が独断で……」

「黙れ！　最終的に作戦の是非《ぜひ》を決定するのは陛下である！　貴公はただ、望まれるがまま戦術を立案すればよいのだ」

《神聖騎士《セイクリッドナイト》》の力は、その主に確実な勝利をもたらすためにある。

騎士としての高い戦闘能力に加えて、兵たちを強化するカリスマ性を備え、さらに力を使えば、勝利のために最適な戦術を打ち出すこともできる。

しかし、そこには敵陣に毒を流し込むような、人倫《じんりん》にもとる戦術も含まれるのだ。

これまで国王の望むままに作戦を立案してきたアリアだが、それらを実行すれば、敵国に悲惨な影響を与えることは明らかであった。ゆえに、毒を用いた作戦については最後まで反対意見を唱えていた。

「国王陛下も貴公の働きは高く評価されている。『多少の無理をしてでも必ず侵攻せよ』との仰《おお》せだ。ならば、貴公がやることは分かっているな？」

「……ただちに部隊の編制を終わらせ、再攻撃の準備をいたします」

「うむ。陛下より、援軍を用意するとの心強い報《しら》せも届いている。しっかりと務めたまえ」

そう言って、ブレンダンは彼女のもとを去っていった。

「どうしてこんなことに……」

アリアは壁にもたれかかった。

近隣住民を巻き込む毒を用いた作戦。味方の疲労《ひろう》を度外視した強引な戦略。

《神聖騎士《セイクリッドナイト》》の力で発案されてしまった作戦は、アリアが望んだことではなかった。

「ううん……疑問を持ったらダメ。私の力を支えるのは、主への忠誠なんだから」

強大な力の代償として、アリアは主君と定めた相手に対して、剣を捧げる必要がある。

国王への忠誠を怠り、力を失ってしまえば、故郷のルミール村にどんな罰が下るか分からない。

「レヴィンも《聖獣使い《ホーリーテイマー》》として頑張っているはず。私が弱気になっているわけにはいかない……」

アリアは、レヴィンがとっくに国を追われていることをまだ知らなかった。

彼女は彼との約束を守るために、心を無にして命令に従う。

「やあ、アリア。随分とお疲れのようだね」

その時、一人の男性が部屋に入ってきた。

「アーガス様がなぜこちらに？」

アリアは驚き、声を上げた。

「援軍として飛行部隊を連れてきたんだ。《飛竜騎士《ワイバーンナイト》》が十数人。きっと、君の役に立つはずだ」

「あ、ありがとうございます……これで戦術の幅が広がるかと」

アリアは愛想笑いで返す。彼女はこの男が苦手であった。

天職を授かって以来、レヴィンを含めたＳ級天職を持つ者同士で交流する機会が度々あったのだが、彼はどうにも距離が近い。

そんなアリアの心情も知らず、アーガスが意気揚々《いきようよう》と告げる。

「ああ、それと一つ朗報《ろうほう》だ。実は最近、婚姻が決まったんだ」

「アーガス様のですか？　それは、おめでとうございます」

アリアは少し安心した。

アーガスが自分に向ける獲物を見るような視線が苦手だったが、彼が婚姻するのならばそれも止むだろうと思ったのだ。

しかし、アーガスの返答は予想外のものであった。

「そう、僕と君のね」

「えっ……？」

「僕らはこれから夫婦になるんだ。身分は違うが、同じS級天職持ち、お似合いだと思うんだ」

「それは……私ごときではアーガス様と釣り合いませんし、誰かと結婚する気も……」

アリアはアーガスを怒らせないように苦心しながら、なんとか拒絶の意を示す。

しかし、彼は下卑《げび》た笑みを浮かべる。

「君に拒否権はないよ。ほら、これが何か分かるかい？」

アーガスが懐《ふところ》から短剣を取り出した。豪華な装飾が施された儀礼用の短剣だ。

それはアリアにとっても見覚えのあるものだった。

「君が魔力で生成した【忠義《ちゅうぎ》の短剣《たんけん》】だ。これを主と認めた者に捧げることで、《神聖騎士《セイクリッドナイト》》はその真の力を発揮することができる。その代償として、主の命に逆らうことは許されない」

アリアが忠義の短剣を捧げたのは国王ドルカスだ。エルウィン王国の民として、王宮所属の騎士として、王に忠誠を誓うのは当然だ。

だが、その短剣がどうしてアーガスの手に？　アリアは事態が呑《の》み込めなかった。

「君と僕との婚姻は、君の主である国王陛下がお認めになったんだ。この意味が分かるだろう？」

「っ……!?」

それはアリアにとって最悪の宣告であった。

主命に逆らうことはできない。国王が婚姻を決めたというのであれば、彼女はそれを拒絶することなどできるはずがない。

主命を破ると発生するらしいとある代償が、アリアには何よりも恐ろしいものなのだ。

「ふふ……細かい話は追々決めていこう。僕は長旅で疲れていてね。まずは戦いを乗り越えよう」

アーガスはそう言い残して立ち去った。

その後ろ姿を見ながら、アリアは顔を真っ青にするのであった。

◆　◆　◆

俺たちが今後の方針を決めた翌日。

マーレイ城にて、エルウィン軍とクローニア軍が衝突している。

その話を聞きつけた俺とエリスは、【竜化《りゅうか》】して竜の姿になったエルフィに跨《またが》り、マーレイ城の上空からとある人物を捜していた。

エルウィン軍は一斉に兵を前進させ、マーレイ城を陥落《かんらく》させようと果敢《かかん》に戦いを挑んでいる。

対するクローニア側は城に籠もり徹底抗戦の構えで、城門を破らんとする魔術士の砲撃やゴーレムに乗って城壁を越えようとする兵たちを必死に撃退していた。

魔法を無効化する結界が張られた堅牢な城壁を持つ分、戦況はクローニアに有利なはずだが、エルウィン軍の士気《しき》が高く、城門が破られるのは間近と思われた。

戦いが激しさを増す最中、俺は遠くに目当ての男を見つけた。

「はぁ、はぁ……クソッ。思ったよりも敵の勢いが激しいな」

裏門からマーレイ城を脱出し、目当ての男――ユリアンと数名が必死に逃げている。

「いたぞ！　指揮官の男だ」

どうやらエルウィンの兵たちに追われているようだ。

「やはり、アリア殿のご推測通りだった。必ず仕留めるぞ」

「ひぃっ……！」

咄嗟に剣を抜こうとするユリアンだが、つっかえて上手くいかないらしい。もたもたしている間に、エルウィン兵が迫っていた。

俺はエルフィに頼み、急いで彼らのもとへ向かう。

「ぎゃぁあああああ！」

俺の視線の先では、ユリアンの立派な腹部を剣がかすり、彼が叫び声を上げていた。

エルウィン兵が確実な死を与えようと再び剣を振り上げたその時、エリスが大剣を投擲《とうてき》して攻撃を阻んだ。

「ユリアン閣下……お父様も、ここに来ていらしたんですね」

エルフィから飛び降りたエリスはそう言いながら、近くにいたエルウィン兵たちをあっという間に制圧する。

「エ、エリス、一体今までどこに行ってたんだ⁉」

その姿を確認して、真っ先に怒鳴り声を上げた男。先ほどのエリスの言葉からして、彼が彼女の父、ヘンリーだろう。

「お前というやつは……騎士としての誇りはないのか！」

ヘンリーが勝手な理屈でエリスを責めた。

今まで行方不明だった娘と再会し、最初に叱責《しっせき》するとは。その様子に俺は苛立ちを覚える。

俺、そして人の姿に戻ったエルフィは、エリスに駆け寄り、彼女を守るように両隣に立つ。

「騎士の誇りなんて、私にはありません」

エリスがきっぱりと、真っ向からヘンリーの言葉を否定した。

「な⁉」

「私はただ、あなたに認められたかっただけです。ルベリア家の令嬢ではなく、ヘンリーお父様とミレイナお母様の娘として……そのために、ただあなたの望むままに生きてきたのです！」

「エリス……」

娘の想いを聞いて、ヘンリーが息を呑んだ。

「ですが、お父様は一度も私のことを娘としては見てくださらなかった。ルベリア家の利益を得るために道具のように使うだけ……私はそんな人生が嫌になりました」

「ええい！」

腹部から流れる血（かすり傷なのだが）を押さえながら、ユリアンが大声を上げた。

「その話は長くなるのか？　私は負傷しているのだぞ？　そんな話はあとにでも――」

「あなたは黙っていてください！　今は、私とお父様がお話をしているのです!!」

エリスがユリアンを一喝《いっかつ》した。

まさか強気に言い返されるとは思っていなかったのだろう。ユリアンは黙り込んだ。

ヘンリーがためらいがちに口を開く。

「だが、エリス。それが貴族家に生まれたお前の役目なのだ。私たちのような弱小貴族が生き残るには――」

「そんなの知りません！　私には貴族の誇りも地位も必要なかった。お母様を亡くした私にとっては残された家族の方が大事だった！　お父様とお兄様と幸せに暮らせれば……」

エリスが嗚咽した。

悲鳴のようなその言葉に、ヘンリーが拳を握って叫ぶ。

「それではダメだ、ダメなのだ！　強く生きねば我々のような者は淘汰《とうた》されてしまう。ミレイナのように……！」

「え……？」

エリスが呆然と呟いた。

側に立つ俺たちも同じ気持ちだ。

ヘンリーが感情を剥《む》き出しにして語り出したのは、ミレイナさんに関する衝撃の事実だった。

「お前の母、ミレイナは美しい女性だった。私と結婚してもなお、とある侯爵《こうしゃく》家の長子に狙われ……断ったミレイナは、事故に見せかけて殺された！　私は彼女に何もしてやれなかった……」

「そんな！　どうして言ってくださらなかったんですか……」

エリスが顔を歪《ゆが》めて嘆いた。

ミレイナさんのような事例は、貴族の世界でたまにある。

裕福な生まれの人間は時折、自分が全てを許された存在であると勘違いすることがある。

それゆえ、自分の思い通りにならない人間に、どす黒い感情を抱くのだろう。

「お前と我がルベリア家が生き残るためには、ガストン公爵の力添えを得て、権力を手にしていくしかない。理解してくれ」

なるほど。ヘンリーもまた、最愛の妻を失って頑《かたく》なになった、ある種の被害者だったのか。

しかし、その言い分は容認できない。

父娘の会話に口出しはしないようにしていた俺だったが、つい口を挟む。

「それは全部、あなたの理屈だ。エリスの気持ちは少しも考えていない」

ヘンリーがハッとしたように俺を見た。

「たとえ娘を思ってのことでも、相手の心を無視していれば、ただの独《ひと》りよがりの押しつけだ。エリスが本当に求めていたのはそんな気遣いじゃないと、さっき聞いただろう？」

ヘンリーがエリスの方へ視線を向ける。

「私が間違っていたのか？　良き婚姻を結べば、騎士として功績を挙げれば、お前の将来は安泰だ。そう思って厳しくしていたのに！」

「上級貴族との婚姻も、騎士としての活躍も、何一つ私には必要のないものです。そんなものを押しつけられるぐらいなら、私は平民になったってよかった」

家族のために貴族としての地位を求めたヘンリーと、ただ、普通の暮らしを求めていたエリス。

二人はすれ違っていたのだろう。

俺はヘンリーの見落としを指摘する。

「第一、エリスは《暗黒騎士《ダークナイト》》として活躍した結果、死にかけているんだ。意味がない」

「この子の天職に代償があることは知っているさ。だから私も……ん？　死にかけた？　死にかけたとはどういうことだね、君」

反論しようとしたヘンリーが怪訝な表情を浮かべた。

俺は彼にエリスが置かれていた状況を説明する。

「どういうことって……先日の戦闘で無茶な戦いをしたエリスは寿命をかなり消費した。俺たちが彼女を見つけた時には生死の境を彷徨っていたぞ。まさか、彼女が逃げ出した経緯を知らなかったのか？」

「聞いてませんぞ、ガストン閣下！　娘の天職は代償が大きいから、本当に限られた場合にしか出撃させないと約束したはずでは⁉」

「し、知らん。力を使いすぎたのはその女の責任だ！　私は悪くない」

「一回の出撃で死にかけるほど消耗するわけないでしょう！　一体、どれほど娘を酷使したんですか？」

どうやらヘンリーはエリスを騎士団に入れる際に、「騎士として無茶をさせない」という条件をつけていたようだ。

しかし、ユリアンはそれを無視してエリスを出撃させ続けた。結果、前回の戦いでついに限界に達した……ということらしい。

「お父様、その男はどうでもいいです。それよりも、伝えたいことがあります」

「伝えたいこと？」

「はい。私は今日限りで騎士を辞め、あなたとの親子の縁も切らせていただきます」

「なっ……」

エリスの宣言に、ヘンリーが絶句する。

「貴族のしがらみから解放されて静かに暮らしたいのです。ルベリアの家名は、私にとって重すぎます」

貴族の家柄とて、本人が望まなければ重圧にしかならない。

だから、その家から離れる、それがエリスの出した結論だったのだ。

「ま、待ってくれ……私が悪かった。だから、縁を切るなんて言わないでくれ」

ヘンリーは膝を折ると、必死にエリスに懇願《こんがん》した。

独善的で、娘の気持ちを思いやれない父親ではあったが、彼も家族の情は持っている。

エリスは息をつき、宣言を一部撤回した。

「では、親子の縁は保留にします。ですが、今後私には一切干渉をしないでください。誰と婚姻を結ぶか、どんな職に就くか。全て、自分で決めます。私とお父様の関係が修復されるかはこれから次第です」

これまでの父親の話に、エリスも思うところがあったのだろう。

「……エリス」

ヘンリーが娘の名を呼び、涙を流す。

まあ、彼のした仕打ちを考えれば、最大限譲歩したか。

親子関係はこれでいいが、問題は上官の方だな。

「待て、私は認めんぞ。その女は私の婚約者だ。それを勝手に放棄するなど許されると思うなよ！」

腹から血を流しながら、ユリアンがわめき始めた。

俺は呆れて言う。

「いやいや、そんなことを言ってる余裕があるのか？」

「なんだと？」

「エルウィン軍は確実にお前を仕留めるつもりだ。追っ手がさっきの連中だけだと思うか？」

「そ、それは……」

「敵前逃亡してマーレイ城を陥落させてみろ。どんな罰が与えられることやら……だが、そんなお前を助けてくれる存在がいる」

そう、「ユリアンに交渉の余地はないのだ。

ユリアン閣下。あなたは私を死の寸前にまで追いやりました。今、私が無事でいるのは、ここにいるレヴィンさんたちのおかげです」

「わ、私だって、お前を捜して――」

「あなたの利益のために、でしょう？　別に私のためを思ってのことじゃない」

エリスが断言した。

「ユリアン閣下、私の要求は二つです。私が騎士を辞めることを認め、婚約も破棄してください。そうすれば、最後の仕事として今の状況を打開してみせましょう」

「か、下級貴族の分際で、私に指図するのか⁉　ふざけるな！！！」

エリスの提案に憤るユリアンに、俺は脅《おど》しをかける。

「なら、あんた一人で頑張って逃げ延びるんだな。別に俺もエリスも帰る場所に困ってはないからな」

俺は空に手をかざして合図を送った。

すると、雲を裂いて巨大な竜、リントヴルムが姿を現した。

「な、なな……な、なぁあああああああああ!?」

突然現れた巨竜に、ユリアンが悲鳴を上げ、ヘンリーも呆然とする。

「紹介しよう。俺とエリスが今住んでいる大陸だ」

「貴様は一体何者なんだ……？」

ユリアンの問いかけに、俺は堂々と答える。

「俺は《聖獣使い》《ホーリーテイマー》だ。ひょんなことから神竜族と契約している」

◆◆◆

そして、戦況は一変した。

士気高く、今にも城門を打ち破ろうとしていたエルウィン軍を、一筋の剣閃《けんせん》が薙《な》ぎ払ったのだ。

兵たちの前に立ちはだかるのは、黒い鎧と大剣を構えたエリス。傍《かたわ》らにはバイコーンのエーデルの姿があった。

「《暗黒騎士》《ダークナイト》だと……？」

両軍の兵士に驚きが広がる。

「馬鹿な。アリア殿の見立てでは、彼女はもう戦えないはずだぞ」

特にエルウィン兵たちの動揺は大きい。

彼らの士気の高さには、クローニア側の最大戦力であるエリスの不在が強く影響していたからだ。

「《暗黒騎士《ダークナイト》》！　あれだけの攻撃を耐えて、まだ戦えるなんて」

エリスの姿を見て、一番驚いていたのはアリアだった。

完全には仕留めきれなかったものの、前の作戦で十分に力を使わせた。

もう戦場には出てこられないほど衰弱しているはず……アリアはそう考えていた。

「先日はお世話になりました。今ではこの通り、ピンピンしています」

《暗黒騎士《ダークナイト》》の力を解放し、エリスは思い切り大剣を振り回した。

まるで彼女の力が健在であることを見せつけているかのようだ。

「さて、念願の退職が叶いそうなので、最後に思い切り暴れさせてもらいます」

エリスの声は弾んでいた。

――分かった。エリスの退団を認めよう。誓約書も書く。だから、早くエルウィンの侵攻を止めてくれ！　そのためなら何をしても構わん!!

結局、エリスなしでは敵を抑えられないとの判断から、ユリアンは力を借りるのと引き換えに、彼女の除隊と婚姻の破棄を認めた。

もともと、エリスはガストン公爵家に仕えていた騎士だ。主であるユリアンが除隊を認め、直筆の署名が入った誓約書まで交わしたのならば、エリスは大手を振って騎士を辞められる。

「白銀の悪魔……先日は散々いいようにしてくれましたね。今度はこちらの番ですよ！」

機先《きせん》を制したのはエリスであった。

禍々《まがまが》しい紫電《しでん》を剣に纏わせた彼女は、身の丈に合わない大剣を片手で軽々と扱うと、アリアに向けて振り下ろした。

エリスの大剣とアリアの細剣がかち合う。

目にも留まらぬ剣戟の応酬が始まった。

「す、凄い……これが《神聖騎士《セイクリッドナイト》》と《暗黒騎士《ダークナイト》》の戦いなのか……」

周囲の兵たちがどよめき、戦いの手を止めて両者の戦闘に見入る。

どちらも、最上級の天職を持つ実力者だ。戦いの余波だけで大気が揺らめき、大地がひび割れる。

両国の兵たちに見守られながら、二人は激戦を繰り広げる。

「ッ……」

しばらくして、アリアの剣が弾かれ、その身体がよろめいた。

「勝負あり、ですね」

もともと、個人としての戦闘力は《暗黒騎士《ダークナイト》》に軍配が上がる。

アリアは必死に食らいついていたものの、エーデルの力で自由に戦えるようになった今のエリスが相手では、分が悪かった。

「さあ、兵たちを退いてください」

「まだよ……」

アリアは剣を拾い、抵抗する姿勢を見せる。

しかし、両者の差は明らかであった。

国王の命令の下、望まぬ戦いを繰り返すアリアに対し、エリスは自由を手にできる解放感を胸に

戦っている。

そうした心持ちの違いが、戦闘にも表れていた。

「ならば無理にでも退いてもらいます！」

再び、剣が交わる。

今度の決着はあっという間であった。

力強く振るわれたエリスの一撃に、アリアの大盾と剣が弾き飛ばされたのだ。

武器を拾う隙を許さず、エリスはアリアの喉元に剣を突きつける。

「あなたの負けです」

指揮官が敗北すれば、他の兵たちも撤退を選ぶはずだ。

これで戦いは終結だとエリスは胸を撫で下ろす。

「まだ、終われない……」

しかし、なおもアリアは膝を折らずに呟いた。

するとその時、どこからともなく声がした。

「ハーハッハッハ！　我が花嫁のため、僕がやってきたぞ!!」

グリフォンに跨がったアーガスだ。

「あれは……アーガスのグリフォンか」

エリスに頼まれ、ヘンリーを安全な場所に避難させていたレヴィンがぼそりと呟いた。

屈強な体躯に輝かしい毛並み。間違いなく、アーガスが召喚したグリフォンだ。

「どうしてあんなに興奮してるんだ？」

偶然見えたグリフォンの瞳は、血走っていた。

そして、戦場を縦横無尽に飛び回ると、敵味方の区別なくその爪を振るい始める。

グリフォンは獰猛な生き物ではあるが、《聖獣使い》《ホーリーテイマー》がいれば、むしろおとなしく礼儀正しい。

それなのに、アーガスの乗るグリフォンは、理性を完全に失っているようだった。

じっとグリフォンを見つめていたエルフィが、眉を寄せて言う。

「生命力の流れがおかしい……何かにねじ曲げられているみたい」

（まさか、薬で無理矢理操っているのか？）

グリフォンの紅い瞳を見て、レヴィンの内心で疑念が膨らむ。

テイマーには、自分の実力に見合わない強力な魔獣を薬で無理矢理従わせ、使役する者がいる。

《聖獣使い》《ホーリーテイマー》のアーガスには必要ないはずだ。しかし、暴れるグリフォンの様子を見ると、その方法を使っていると推測された。

「エルフィ、あのグリフォンを止めたい。力を貸してほしい」

「全部任せて。ママのしたいことはなんだってする」

エルフィの力強い返事を聞き、レヴィンは頷いた。

「っ……」

エリスの大剣とグリフォンの爪がかち合った。

「ウルゥウウウウウウ！」

エリスがなんとかその巨体を押し返すと、グリフォンは空に飛び上がり、猛禽類のような高い鳴き声を上げながら周囲の兵たちを一瞬で薙ぎ払った。

（まさかレヴィンさん以外に《聖獣使い《ホーリーテイマー》》がいるなんて……）

空を飛びながら繰り出されるグリフォンの攻撃を、エリスはなんとかかわすが、その度に周囲の兵士が巻き込まれてしまう。

おまけにその飛行能力の前には、立派な城壁も意味を成さない。グリフォンの攻撃で、マーレイ城を守る兵たちは次々と戦闘不能に陥っていた。

聖獣の膂力《りょりょく》と生命力は、人間の比ではない。

エリスはともかく、並みの力しか持たない兵たちではまともに相手などできないのだ。

「アーガス殿、待ってください。どうして味方まで攻撃しているのですか？」

グリフォンに跨るアーガスに向かって、アリアは疑問を叫んだ。

彼女にとっても想定外だ。

「薬の制御では、敵味方の区別までは難しくてな。だが、これでクローニアの兵力は削ぎ落とせる」

「しかし、味方もやられては意味がありません！」

アリアの主張をアーガスが鼻で笑う。

《神聖騎士》の力があれば、兵たちはすぐに立ち上がるだろう？　くだらない心配をしていないで、彼らを鼓舞したまえ。国王陛下も、勝利の報せを待っておられるのだぞ」

それではまるで使い捨ての決死隊だ。

アリアは非情な指揮を求められ、思わず唇を噛む。

「ええい、何を黙り込んでいる。国王陛下のご命令だぞ？　従え！　疑問を差し挟むな！」

迷うアリアを、アーガスが叱責した。

選択の余地などない。国王の命令を拒めば、アリアはみるみる力を失っていく。

故郷のため、レヴィンとの約束を守るために、それだけは避けねばならない。

「承知しています……勇敢なエルヴィンの兵よ！　我らには聖獣の加護がある！　恐れず、迷わず、突き進――ぶへっ」

そう宣言しようとしたアリアを、凄まじい速度で飛来した何者かが思い切り突き飛ばした。

衝撃のあまり、アリアは勢いよく平原を転がる。

「て、敵襲……？」

アリアが困惑しながら呟く。

「まったく、お前は何をやっているんだ？」

アリアの前に現れたのは、彼女の思いもよらない人物であった。

「レヴィン？」

長く引き離されていた幼馴染がついに再会した。

◆　◆　◆

俺は竜の姿をしたエルフィから降り、アリアの前に立つ。

「レヴィン……どうしてここに？　急に何をするの？」

アリアがゆっくりと身体を起こしながら、驚いたような表情で言った。

まさか俺がここにいるなんて予想外だったのだろう。

「いろいろあったんだ。体当たりについては、緊急時だから許してくれ」

俺たちがこうして顔を合わせたのは久方《ひさかた》ぶりだ。

最上級の天職持ち同士、王城で開かれる晩餐《ばんさん》会で顔を合わせる機会はあった。

といっても、ほんのわずかな時間話すことができただけで、こうして面と向かって一対一で話すのは約二年ぶりのことだ。

「ママ、この人がアリアって人？」

人に戻ったエルフィが俺に尋ねてきた。

「まさか神竜族!?　それにマ、ママ……!?　どういうことなの？」

エルフィの『ママ』という言葉に、アリアが動揺を見せた。

もしかしたら……いや、もしかしなくてもあらぬ誤解をしているのだろう。

「俺の相棒だ。聖獣の」

「そ。私はママの相棒。神竜族で、名前はエルフィ。よろしく」

ぺこりとエルフィがお辞儀をする。

先ほど、思い切り体当たりをかましたというのに、何事もなかったかのように挨拶をしている。

「そっか。レヴィンは《聖獣使い》《ホーリーテイマー》だもんね。伝説の神竜族をパートナーにするなんてさすがだね」

「アリアの噂は聞いてるぞ……大暴れしているらしいじゃないか」

エリスの弱点を狙ったり、負傷兵を無理矢理に動員したり、どれもアリアらしからぬ作戦だ。

これらの作戦は、本当にアリアが望んでいることなのだろうか。

再会したからには確かめておきたい。

「レヴィンにだけは知られたくなかったのに……私が騎士団に入ってからはこんな仕事ばかりだって」

アリアは顔を俯かせるとぼそりと呟いた。

こんな……か。この二年間、アリアはずっと望まぬ戦いに参加していたということなのだろう。

それならば、俺がやるべきことは決まっている。

「もうそんな仕事辞めないか？」

「え……？」

「お前の能力は、確かに強い。だが、その力をあんな王様のために使うことはないよ。毒を使った作戦だって、お前の意志じゃないんだろ？」

こうして見ているだけで分かる。アリアは自分の心を押し殺してあの男に仕えている。

国王は《神聖騎士《セイクリッドナイト》》という天職持ちを手に入れて、いい気になっているのだろう。いつまでもアリアを、そんな男の言いなりにさせるわけにはいかない。

「ダメだよ。私はあの王様には逆らえないの」

「逆らえない？　それってどういう――」

「レヴィン！　国を追われた無能の分際で、彼女を惑わせるなぁああああああ!!」

その時、怒りの形相をしたアーガスが、グリフォンを駆って突っ込んできた。

なんて空気の読めない男だ。

「今、ママたちは大事な話の最中」

翼と尻尾《しっぽ》を生やし、身体の一部を【竜化】させたエルフィが迎撃に向かう。

「邪魔しないでっ！」

「ぶべっ……」

そして、尻尾を思い切り振り回し、グリフォンに乗ったアーガスをふっ飛ばした。

アーガスは落下して、地面に叩きつけられる。

「何がしたかったんだ……？」

あっさり撃退されたアーガスにため息をつきながら、ふと、俺は乗り手を失ったグリフォンを見る。

「ん？　あのグリフォン、まだ俺の方に飛んできている……!?」

まっすぐに向かってきたグリフォンは、あっという間に俺を組み敷いた。

「クッ……エ、エルフィ――」

「ママ、ママ、やっと見つけた」

思わずエルフィに助けを求めかけた時、グリフォンがなぜか甘えるように俺の顔を舐《な》め始めた。

血走っていたグリフォンの瞳は、いつの間にか金色に戻っている。

どうやら、正気に戻ったみたいだが……ママ？

俺が疑問に思っている間も、グリフォンの話は止まらない。

「ずっと、あの悪い人たちに監禁されていた。でも、ようやくママを見つけられた」

このグリフォンは人の言葉を話している。

聖獣といえど、人語を発することができるのは【契約《テイム》】した個体だけだ。

それに振り落とされたアーガスには見向きもせず、俺に甘えてくる様子。

まさか、さっきから俺を親として慕ってくるこいつは……

「お前も俺のパートナーなのか？」

「そう。ママに喚ばれて、やってきた。だけど、ママが悪い人に連れていかれて、ずっと心細かったんだ」

なんてこった。

アーガスの目の前に卵が舞い降りたから、てっきりアーガスのパートナーだと思っていたが……

どうやら、俺は二匹の聖獣を召喚していたようだ。

「心細い思いをさせてごめんな。これからは俺が面倒を見るから」

「うん！」

さて、図らずもグリフォンを鎮《しず》めることができた。

しかしまだ、本題が残っている。

「余計な邪魔が入ったけど、アリアに無理をしてほしくないのは本心だ」

俺は起き上がると、アリアに向けて手を差し伸べた。

「……レヴィンがエルウィンを追われたって話、本当のことなの？」

アリアから質問が返ってきた。そう言えば、さっきアーガスがそんなことを口走っていた。

「事実だ。いろいろな誤解があって、俺は国を追放された」

「なら、私は仕事を辞められないよ。私まで国を出ていったら、ルミール村はどうなるの？」

「それは……」

諭《さと》すようにに言うアリアに、俺は言葉を返せなかった。

俺たちの故郷は最上級の天職持ちを二人輩出した。

そのおかげで国から支援金が出され、暮らしは少し豊かになった。

彼女まで国を出たら、村は報復を受けるかもしれない。

「……そうだよな。父さんたちを放ってはおけない。ルミール村もどうにかするよ」

国を追われて、自分のことでいっぱいだったが、故郷については考えがあった。

「アリアにはまだ俺が今住んでる場所を言ってなかったな」

俺は空にいるリントヴルムを呼び寄せた。

「俺が契約したもう一匹の神竜だ。今は彼の上に家を建てて暮らしてるんだ」

「竜の背中で暮らしているの!?」

「ああ。あそこには古代都市があるんだけど、復興させている最中でな。人がいっぱい増えれば、もっと便利になる。ルミール村のみんなを竜の背に連れていこうと思うんだ。それにアリアも来てくれたら心強い」

もともと、俺とアリアは貧困にあえぐ村をどうにかしたいと思って、宮仕えの道に進んだ。

リントヴルムの背に村ごと移住してしまえば、問題は解決できるはずだ。

「……やっぱり、レヴィンは私なんか比べものにならないほど、凄い天職を授かったんだね」

それは神授の儀でアリアが俺に言った言葉であった。

「そうだ。アリアが言った通り、俺は途轍《とてつ》もない天職を授かった。多少の無理を押し通すことぐらいはできるんだ。だから、アリアにはなんとしても首を縦に振ってもらう」

「何をするつもり?」

事前にエリスから今回の戦いの原因は聞いていた。

アリアの質問に答えず、俺は彼女に尋ね返す。

「エルウィンが狙ってる金鉱山って、あの山でいいんだよな?」

「え、そうだけど……どうするの?」

それを聞いて、俺はエルフィに頼み、リントヴルムの側へ連れていってもらう。

「レヴィン様、どうされましたか？」

「リントヴルム、君に協力してほしいことがある。俺がこの戦いを終わらせる」

「もちろん。私の主殿はレヴィン様です。なんなりとお申しつけください」

「ありがとう」

リントヴルムの答えを聞き、俺は金鉱山へと向かった。

◆　◆　◆

突如、金鉱山の側に凄まじい熱量のブレスが降り注いだ。

鉱山を避けながら降り注いだそれは、絶大な破壊力で地面に巨大なクレーターを作った。

「鉱員に告ぐ。こちらの鉱山はガストン公爵家の長子、ユリアン閣下の命令で封鎖することが決まった。今から敵国に渡らないように破壊する。全鉱員は避難してくれ」

声量を増幅する魔法を用いて、俺は金鉱山中に声を届かせる。

ユリアンは戦いを止めるためなら、何をしてもいいと言ったからな。

なら、金鉱山の一つや二つ消し飛んでも問題ないだろう。

「りょ、了解！　すぐに退避するから十分ほど待っててくれ！」

鉱員からの返事が返ってきた。

急な破壊宣言を怪しまれるかとも思ったが、先ほどの一撃が効いたのかもしれない。

「あまり時間は取れない。速《すみ》やかに退避して、合図をしてくれ」

そうして、俺たちは鉱員の脱出を待つ。

しばらくして、馬に乗ったユリアンが、血相《けっそう》を変えて鉱山まで走ってきた。

「ま、ままま、待て！　貴様は一体何をするつもりだ！」

ユリアンが魔法で声を大きくして叫んだ。

「戦いの主因を取り除くんだ」

「ふざけるな！　私はそんなことを許可した覚えはないぞ!!」

「誓約書がある。『侵攻を止めるためならあらゆる作戦を認める』と一筆《いっぴつ》をもらったからな」

「だからってこんな……や、止めてくれ！　そんなことをしたら私は破滅だ!!」

ちょうどその時、鉱員たちから合図が出た。どうやら、全員の退避が完了したようだ。

「リントヴルム、頼む」

「承知いたしました」

リントヴルムがスゥーッと息を吸い込んだ。

肺いっぱいに空気を溜め込み、魔力を混ぜ合わせた強力な熱線を吐き出す。

「や、やめろぉおおおおおおおおおおお！」

ユリアンの悲痛な叫び声と共に、金鉱山は消し飛んだ。

「レヴィン、鉱山を吹き飛ばすなんてどういうつもりなの？」

城の近くに戻ると、アリアが困惑した表情を浮かべていた。

いつの間にかエルウィンもクローニアも兵士たちを退いている。

「今回のエルウィンの狙いは金鉱山だ。それがなくなったら、侵攻する理由もなくなる」

エリスはクローニアの騎士を辞めたが、かといって祖国が攻め込まれるのを見過ごせる性格ではない。そんな彼女をこの戦いから解放するには、こうするのが一番手っ取り早い。

そして、俺にはもう一つ最大の目的があった。

「アリアはこの作戦を指揮していただろ？　目の前で金鉱山の消滅を許してしまったんだ。あの国王なら許しはしないだろうな」

他人の失敗にはとことん厳しい王様だ。たとえアリアが強力なスキルを持っていても、特別扱いはしないはず。

「国王のもとに戻れば、どうなるか分かったもんじゃない。アリア、あんな国は捨てて、俺と一緒に暮らそう」

国を追われてから、俺はずっと気になっていた。アリアはどうしているのか、国王のもとで上手くやっていけてるのか、何か酷いことをされていないか……

嫌な予感は的中した。あの無能な王はアリアに卑劣な作戦を押しつけた。

命令に服従するのが騎士だとしても、無能な王に従って自分の心を殺すなんて馬鹿げている。そんな国、捨ててしまえばいい。

「まさか、私が国に戻れないようにするために？」

「そうだ」

「だからって、金鉱山を破壊するなんて……」

アリアが呆れたようにため息をついた。

確かにやりすぎかもしれない。俺の行いが両国に与えた影響は計り知れないだろう。

だが、アリアの人生を好き勝手に使い潰そうとする国王たちや、エリスをぞんざいに扱ったユリアンたちに腹が立っていたのだ。

だから、彼らが最も嫌がりそうなことをしてやった。

俺はアリアの目をまっすぐ見て話す。

「俺はアリアに幸せになってほしい。国に戻っても、辛い仕事を強いられるだけだ。そんな罰ゲームみたいな人生、アリアに送らせたくない」

「強引すぎるよ……でも、とても嬉しい。レヴィンは、私のためにそこまでしてくれるんだね」

アリアが目の端に浮かんだ涙をそっと拭った。俺は彼女に右手を差し出して、言う。

「さあ、これからアリアの新しい家に行こう」

「……」

しかし、俺の手が取られることはなかった。

「どうしたんだ？」

無言の彼女から感じたのは、ためらいや困惑だ。彼女にとって、ドルカス国王も、ましてアーガスも執着するような存在ではないはず。それがどうして……

そんな時、どこからか声がした。

「ハッ、《神聖騎士《セイクリッドナイト》》様はお忙しいんだよ！」

直後、俺の頭上に巨大な戦斧《せんぷ》が振り下ろされた。

「っ……危ない、ママ！」

咄嗟にエルフィが俺をかばってくれた。片腕を【竜化】させて戦斧を受け止めると、そのまま弾き返す。

「竜か……？　ククッ、随分と面白いのを連れているな。戦場をちょろちょろ飛び回る目障りな羽虫がいるとは思っていたが、お嬢ちゃんが正体か」

凶悪な笑みでそう言ったのは、圧倒されるほどの背丈の大男であった。

身の丈ほどの戦斧を軽々と扱い、獰猛そうな表情を浮かべる一方で、その身なりはしっかりとしていてかなり身分の高い貴族であることが窺われる。

「さて、《神聖騎士《セイクリッドナイト》》アリア・レムス殿、お迎えに上がりましたよ」

「ドレイク殿!?　どうしてこちらに？」

ドレイク……その名には聞き覚えがあった。

エルウィン王国で最も古い歴史を持つラングラン公爵家の若き当主だ。彼自身も腕の立つ騎士として名を馳せている。

「兵たちはすでに撤退を開始しています。我々も戻るとしましょう」

ドレイクは慇懃無礼《いんぎんぶれい》とも言える態度でアリアの手を取った。

「待て。アリアは連れていかせない。彼女は置いていけ」

だが、それを見過ごすわけにはいかない。このまま騎士団に戻れば、アリアは望まぬ命令に従わされるだけだ。

「ハッ。誰だか知らんが、それは無茶な相談だ。こいつがある限り、《神聖騎士《セイクリッドナイト》》殿はどこにも行けやしないんだからな」

鼻で笑ったドレイクが一本の短剣を取り出した。

「《神聖騎士《セイクリッドナイト》》は、忠義の短剣を捧げた相手に服従しなくてはならない。さもなければ、騎士としての力を失うだけでなく、そいつが最も大切に思う存在まで失うって仕組みらしい」

ドレイクは短剣をくるくると回したり、指の先に立たせたりして弄んだ。

主に剣を捧げ、絶大な力を発揮するのが《神聖騎士《セイクリッドナイト》》だが……そんな代償があったのか。

「本当なのか？」

俺はアリアに尋ねた。もしドレイクの発言が真実なら、この短剣がある限り、彼女をエルウィン王国から解放することは不可能だ。

「ごめんなさい、レヴィン」

押し殺した声でアリアが謝った。その一言が、俺に全てを悟らせる。

「まあ、安心してくれ。お前の代わりに、この女は俺が可愛がってやる」

ドレイクは下卑た笑みを浮かべて、アリアの肩を抱き寄せた。

「アーガスだったか？　あのクソの役にも立たなかったクズテイマーに、今回の敗戦の責任は押しつける。あいつがいなくなれば、その後釜《あとがま》に俺が座ったって問題はないからな」

「ふざけるな！」

アリアが誰を愛そうと彼女の自由だ。しかし、今の悲しそうな顔から、彼女がこの事態を望んでいないことは明らかだった。

「そういうわけで、彼女は連れていくぜ」

ドレイクが戦斧を振り回すと、凄まじい土煙が上がった。そして、それが晴れる頃には二人の姿はなくなっていた。

「クソッ……」

俺は拳を強く握りしめる。

アリアを解放するには、どうやら別の策を採らなければならないようだ。

第四章

マーレイ城での戦いから、数時間後。

「一体どういうことだ！」

国王ドルカスの怒号が響き渡った。

ウィンダミアの王城にある謁見の間には貴族が集い、今回の戦いの報告が行われていた。

「ですから申し上げた通り、金鉱山は消失し、我が軍は大敗を喫《きっ》したってわけですよ。この無能のせいでね」

ドルカスにそう告げたのは、戦斧を握った大男――ドレイクだ。その足元には後ろ手に縛られたアーガスの姿がある。

「ドレイクよ。なぜ、そのようなことになった？　《暗黒騎士《ダークナイト》》はもはや力を使えない。《神聖騎士《セイクリッドナイト》》の力があれば容易く鉱山を落とせる。そういう話ではなかったのか⁉」

「ほら、説明してやれよ、坊《ぼ》っちゃん」

ドレイクはニタニタと笑いながらアーガスの頬を叩いた。

アーガスが怯《おび》えながら答える。

「と、突如現れた巨大な竜のブレスで、金鉱山が消滅いたしまして――」

「報告はちゃんとしろ！　金鉱山を消し飛ばす竜など聞いたことがない！」

非現実的な報告に、ドルカスは苛立ちを隠せない。

「それに貴様、グリフォンはどうした！　なぜ、一緒に帰還していないのだ⁉」

ドルカスは怒りに肩を震わせながら、玉座の肘掛けに何度も拳を叩きつける。

「追放したはずのレヴィンが現れ、我がエターナルスカイを奪っていったのです。なぜか、あの聖獣は私の言うことを聞かずに去っていき……」

アーガスを落としたグリフォンは、一直線にレヴィンのところへ向かい、そのまま帰ってこなかった。

まるでレヴィンこそが真の主人だと言わんばかりの光景を思い出すだけで、アーガスの腸《はらわた》が煮えくりかえる。

「レヴィン？　誰だそいつは」

ドルカスはレヴィンのことをすっかり忘れていた。聖獣の召喚に失敗したレヴィンは、彼からすれば覚えておく価値さえないゴミクズだったのだ。

恐る恐るアーガスが答える。

「あの、トカゲを授かった《聖獣使い《ホーリーテイマー》》を詐称《さしょう》した者です」

「トカゲ……？　ああ、みすぼらしい卵を守ろうとワシに楯突《たてつ》いたあの男か。その男がどうした？」

「所詮、やつは聖獣を喚び出せなかったクズだ。何もできるはずがないだろう」

ククッ……ですから、その時の陛下の判断が間違いだったってことですよ」

ドレイクが嘲《あざけ》るように言い放った。

「ど、どういうことだ？　分かりやすく申せ！」

「簡単な話ですよ。儀式の場で陛下が始末しようとしたトカゲ、あれこそが竜の幼体だったのでしょう」

「は……？」

ドルカスが呆けた表情を見せた。

そんな国王を一瞥《いちべつ》し、ドレイクがさらに話を続ける。

「この無能の言う通り、戦場には我が軍のワイバーンの他に、見たことのない竜が飛んでおりました。比較的小柄な白い竜と、凄まじい大きさの竜です。恐らく、伝説にある神竜族の生き残りでは？」

「そんな馬鹿な話があるか！　とうに滅んだ種族だぞ？　第一、ギデオンはそんな話一言も――」

「では、ギデオン本人に詳しく尋ねてみましょう」

凛《りん》とした声と共に、謁見の間に銀髪の青年がやってきた。

「……ゼクスか。一体どうした？」

声の主はエルウィン王国の第一王子、ゼクスだ。傍らには、怯えた表情のギデオンを連れていた。

ゼクスはギデオンを引っ張っていくと、ドルカスの前に突き出した。

「ギデオンがどうしたというのだ？」

「話せ。お前が王城の書庫で知った……これまで、見落としていた情報をな」

そう言って、ゼクスがギデオンの首筋に剣を突きつけた。

「ひっ、お、お話しします。お話ししますから、命だけは！」

ギデオンが委縮《いしゅく》した様子で真実を明かした。

レヴィンの授かった卵から生まれたトカゲが神竜族であったこと。それを喚び出した彼には《聖獣使い《ホーリーテイマー》》として計り知れない資質が備わっていること。そして、恐らくはグリフォンの本来の主もレヴィンであろうということを。

「き、貴様は……貴様はなんということをしてくれたぁああっ！」

ドルカスは立ち上がると、手にしていた杖でギデオンを滅多打ちにする。

「神竜だぞ！　貴様のせいで、我々は神竜を獲得する機会を逃したのだ！」

「ひぎゃぁあああああ！」

怒りにまかせたドルカスの乱打に、ギデオンが絶叫した。

「貴様があやつの資質を見抜いていれば、我々は金鉱山を入手できたはずだ。ワシの悲願もすぐに叶ったというのに！　なのに、貴様は!!」

「お止めください、ドルカス陛下！　こ、このままではギデオン殿が……」

あまりの蛮行《ばんこう》に、アーガスが間に入った。

怒りと暴力の矛先がアーガスに向く。

「貴様もだ……此度の責任は貴様にもあるぞ、このゴミクズがぁあぁっ！」

「いい加減にしてください、父上！」

横暴なドルカスをゼクスが一喝し、制止した。

「よもや、父上ご自身に責任がないとおっしゃるおつもりですか？　ギデオンのような能力のない者を登用してその言葉を鵜呑《うの》みにし、アーガスが聖獣を喚び出していなかった事実も見抜けなかった。そこに責任がないとでも？　そもそも、レヴィン殿の追放を決定したのはあなたでしょう！」

「……？　それがどうした。ワシはこの国の王だぞ？　誤りがあったとすれば、それは全て臣下が無能なせいであろう！」

「……え？」

身勝手な言い分に、ゼクスは絶句してしまう。

「そうだ。ゼクスよ、レヴィンを連れ戻すのだ。何、誤解が解けたのだから、ワシに仕えるのが筋というものだ。あやつも喜んで戻るだろう」

「いや……散々暴力を振るわれ、国外追放までされた者が帰ってくるはずないでしょう！」

「ならば、あやつの故郷の連中を人質にせよ。金鉱山を破壊し国益を害したクズに、身のほどを思い知らせよ！」

自国の領民を虐《しいた》げれば、当然民の反感を買う。だというのに、ドルカスは本気でそのような策を実行させるつもりらしい。

「ワシに逆らえば実の息子だとしても許さんぞ！　さっさと行け!!　ワシは気分が悪い。まったく、使えん臣下ばかりだと上に立つ者は苦労が絶えんわ……」

ドルカスは、心から自分に責任がないと思い込んでいた。

ゼクスは彼を説得することを諦《あきら》め、その場をあとにした。


「心中お察しいたしますよ、陛下。この度の戦いは実にお粗末な結果に終わりましたな」

ゼクスが去ったのを確認し、ドレイクが口を開いた。

「フン。アーガスといいギデオンといい、無能が多すぎる。無論、お前とて金鉱山の奪取に失敗した事実に変わりはないぞ」

「そうおっしゃらずに。鉱山は無理でしたが、いくらかの戦利品をお持ちしました」

ドレイクが指を鳴らすと、彼の配下の騎士たちが包みを持って謁見の間へと入ってきた。

そして王の面前に膝をつくと、その包みを開いて中身を披露《ひろう》する。

「……これは、金鉱石か？」

「事前に金鉱山の近辺にて略奪を行っておいたものです。ここにあるのはそのほんの一部で、我々が奪ったものは数百倍はございます。どうかお納めください」

ドルカスは目の前の金を見て唾《つば》を呑むと、頷いてみせた。

「うむ。どうやらワシはお前のことを侮《あなど》っていたようだ。さすが我が王家の守護者たるラングラン家の者よ。ワシの望むものをよく分かっておる」

「私は陛下の忠実な臣下ですので。それに、陛下の真の望みを叶えるには、金はいくらあっても足りない」

「うむ、その通りだ。お前はワシの気持ちを、実によく分かっている。それに比べて、他の者共は無能の極みだな。この中の誰か一人でも、ワシへの忠義を果たし、成果を収めた者はいるのか？」

ドルカスは威圧的な態度で周囲の貴族たちに尋ねた。

しかし、誰一人として口を開く者はいない。

「フン。使えん、カス共め。これではなんのために爵位《しゃくい》と特権を与えているのか分からんわ」

ドルカスが盛大なため息をついた。

「ドレイクには、この功績に報いて褒美を出そう。だが、他の者たちには罰を与える。今後五年にわたって、今の倍の税金を納めよ」

国王の無慈悲《むじひ》な命令に、貴族の一人が声を上げる。

「なっ……国王陛下、それはあまりにも酷い仕打ちでは⁉」

「黙れ。我が国は戦争をしているのだ。そのために貴様らが力を尽くすのは当然のことだろう。まして、先の戦いで失態を演じたのであれば、それを取り戻さなくてはなるまい」

貴族たちに反論は許されず、彼らは謁見の間を追い出された。

「さて、ドレイクよ。どのような褒美を望む？　なんでも言ってみよ」

ドルカスが上機嫌で尋ねた。

ドレイクは悩むようなそぶりを見せつつも、アーガスを指差して抜け目なく返す。

「陛下は確か、この無能とアリア殿の婚姻を認められたと聞きました」

「うむ。そのような記憶があるな」

「ですが、この男は陛下を謀《たばか》り、我が国に大きな損害を与えた大罪人です。そのような男がアリア殿の婚約者というのは、納得がいきません」

ドレイクは笑みを浮かべると、アーガスを踏みつけた。

「なるほど。お前の望みは分かった。そこのクズとギデオンの爵位を剥奪《はくだつ》する。そして国外追放の処分にした後、アリアをお前と婚約させよう。ただし、そのゴミ共の処分はお前が請《う》け負ってくれ。これ以上、負け犬共のせいで頭を痛めるのはうんざりだ」

「かしこまりました、陛下」

ドレイクは恭《うやうや》しく頭を下げると、アーガスとギデオンの二人を連れて退出した。

◆
◆
◆

謁見の間を退出したゼクスは、私室へと続く回廊を歩いていた。

「こんにちは、ゼクス殿下！」

城詰めの騎士の一人が、彼を見るや、胸に手を当てて丁寧な所作で挨拶をする。

「ああ。こんにちは、アラン。ご子息は元気か？」

「元気がありすぎて困っているぐらいです！　殿下が休暇をくださったおかげで、子育てに専念できました。感謝しております!!」

しきりに礼を言う騎士が去ると、また別の者がゼクスに声をかけてくる。

「ドルカス陛下がたいそうお怒りのようでしたが、大丈夫でしょうか？」

「ああ、いつものことだ。気にするな、ハイライン卿」

ゼクスはすれ違う者一人ひとりと言葉を交わしていく。彼の頭の中には、この城にいる全ての者の顔と名前が入っている。

こうした誠実な姿勢から、ゼクスは多くの臣下から慕われていた。

「きゃあああ、ゼクス王子よ」

「今日もお美しいわ……」

「殿下ー！　結婚してー!!」

「ハハッ、あまり無茶を言うな」

侍女たちの黄色い声を爽やかな笑顔でかわしながら、ゼクスは回廊を進んでいく。

「先日の模擬《もぎ》戦闘、ありがとうございました！　殿下の剣術は学ぶところが多く、励みになりました」

「その調子で精進《しょうじん》してくれ」

一人の騎士が礼を告げて去っていったのを見送って、ゼクスは自室へ入った。

「やれやれ……」

ゼクスがそっとため息をつくと、先ほどまで浮かべていた爽やかな笑みは消え失せた。彼はベッドへ飛び込み、枕に顔を埋める。

「ああああああああああああああああああああああああああああああ!!」

ゼクスは絶叫した。

「もう無理……もう無理！　もう無理!!　もう無理ぃいいいいいいいいいいいいいいいいい!!」

ゼクスは限界だった。

「あのクソ親父が国王だと、この国滅んじゃうよぉおおおおおおおおおお!!　ああああああああああああ!!」

王の器という点で、ゼクスは父親よりも遥かに大きな才能を持っていた。そのことはゼクスにとって、ある意味で不幸であった。

「S級天職持ちを追放したのは貴様だろ、ボケェエエエエエエエ!!」

レヴィンの召喚した神竜をトカゲと笑い、追放を決断したのはドルカスだ。その尻拭いをどうして自分がしなくてはならないのか。

ゼクスの役目はいつも、国王のやらかした失敗の後始末ばかりだった。

「ちくしょうめぇえええええええ！」

ドルカスの横暴によって、破滅への道を辿る祖国に、ゼクスの胃はキリキリと痛む。

「もう嫌だ！　母上ぇえええええ‼　どうしてあんな男と結婚したのさぁあああああ⁉」

いくら政略結婚だからといって、あれはない。

王としての教育を受けたはずなのに、出来上がったのは利己的で、大局的な視点を持たない暴君だ。ゼクスはそんな男の息子として生まれた己の不幸を嘆き続ける。

——トントントン。

ゼクスが室内で悶えていると、部屋の戸をノックする音が響いた。

「入りたまえ」

ゼクスは即座に身を起こして身なりを整えると、入室を許可した。先ほどまでの取り乱しようが嘘のように、今の彼の佇まいは立派だ。

促され、一人の兵士が入ってきた。

「ゼクス殿下、ドルカス陛下の仰せです。『今すぐルミール村へと向かい、使命を果たせ。さもなければ、厳罰に処す』とのことです」

「承知した。すぐに支度をする」

ゼクスがしっかり返事をすると、兵士は敬礼して退出していった。

去り際に兵士が小さな声でゼクスを讃える。

「さすが、ゼクス殿下。自室であっても、なんと堂々たる振る舞いか。きっと、使命というのもこの国を変えるような素晴らしいものに違いない。でも、なんで声がかすれていたんだろう?」

その賞賛を聞いてゼクスは苦笑すると、再び枕に顔を埋める。

「あああああああああああああああああああああ!!」

ゼクスの喉はすり切れる寸前だった。

◆　◆　◆

エルウィンとクローニアの国境沿いにあった金鉱山が消し飛んだことで、両国の戦いはひとまず停止した。

マーレイ城での戦いの翌日、俺は仲間たちと共に故郷のルミール村を訪れていた。

「ただいま、父さん」

「……レヴィン?　あれはなんだ?」

久々の帰省だというのに、父さんは口をぽかんと開けて呆気にとられていた。原因は村の上空を飛ぶリントヴルムだ。

「彼は俺が契約した神竜なんだ。今は彼の背中に住んでいる」

「お前は何を言っているんだ？」

さすがに、村どころか周辺地域一帯の空を覆う大きさの竜を目にして、父さんも混乱の極みにいるようだ。

村の人たちも、何事かと続々と家から出てきては、空を見上げている。

「ほら。俺、《聖獣使い《ホーリーテイマー》》だろ？　聖獣降臨の儀で聖獣を授かってからいろいろあって、竜の背中の都市を再興するために、開拓を進めているんだ」

「そうか。お前が凄いことは分かったよ。とりあえず、母さんたちを呼んでくる」

こうして、久々に俺の家族が集まった。いや、厳密に言うとアリアがいないので、一人欠けてはいるのだが。

「まあ、レヴィン。突然、空を竜さんが覆って何事かと思いましたけど、立派な竜さんと契約したのですね」

「姉さん、元気そうだね」

あの懐かしい、狭いテーブルに俺たちはついた。フィオナ姉さんは相変わらず綺麗で、おっとりとした雰囲気だ。

「ええ。こうして元気そうなレヴィンの姿を見て、私もたくさん元気をもらえました。今夜は久しぶりに家族揃って一緒に寝ましょうね」

「さすがに恥ずかしいって。俺ももう十八歳だよ？」

「そんな～……少しぐらいよいではないですか」

そう言って、隣に座っていた姉さんは俺に思い切り抱きついてくる。

「もう、フィオナだけずるいわ」

そんな様子を見て、向かいに座る母さんが拗《す》ねたように頬を膨らませた。いまだに子ども扱いされているようで複雑な心境だが、それでも懐かしい我が家のやり取りに悪い気はしない。

「そうそう、レヴィン。今日の夕飯はあなたの手料理をリクエストしてもいいかしら？　私たち、レヴィンの手料理が恋しくて恋しくてしょうがなかったの」

「そうだな。母さんやフィオナの手料理も美味しいけど、レヴィンの手料理が恋しいなって話してたんだ。なあ、また作ってくれよ。疲れてるんなら明日でも、明後日でも、何日でも待つから！」

俺は両親を宥《なだ》め、本題を切り出す。

「そうしたいのは山々なんだけど……今日は大事な話があるんだ」

父さんが首を傾げる。

「大事な話？」

「ああ。実は俺、国を追放されてしまって――」

俺は国外追放になった経緯と、そこからの出来事、ここに戻ってきた理由をみんなに話す。

「――というわけなんだ。今日はルミール村のみんなをリントヴルムの背に移住させられないか相談しに来た」

「なんということを……」

父さんが深くため息をついた。

さすがに叱られるか？　カッとなってしまったとはいえ、金鉱山を吹き飛ばすのはやりすぎだったかもしれない。

俺は家族の反応を窺う。

「母さんとフィオナはどうしたい？」

「そんなの決まってるでしょう」

父さんに話を振られ、母さんが俺へ視線をよこした。いつもの穏やかさはなく、真剣な雰囲気だ。

俺は深く頭を下げる。

「ごめん、母さ――」

「こんな国、捨ててしまいましょう」

ところが、母さんの返事は予想外のものだった。

姉さんと父さんも口々に同意する。

「お母様に賛成です。うちの可愛い弟をそんな目に遭わせた者に王たる資格はありません」

「決まりだ。我がルミール村は、エルヴィンからの独立を宣言する。レヴィンが国外追放となるなら、我々もこの国から出ていこう！」

「え、あ、いや……それは……」

俺は困惑し、しどろもどろになった。あまりにも家族の物分かりがよすぎる。

父さんが首を傾げて問う。

「どうした、レヴィン。お前もそのつもりだったんだろう？」

「そうだけど……」

昨日の戦いで、俺はエルウィンに害をもたらす危険な存在として国王に報告された可能性が高い。国益を損なう行為をしたことが国王に伝われば、ルミール村が代わりに報復を受けるかもしれない。

そこで俺は、村のみんなを竜に移住させようと考えた。

父さんが立ち上がって宣言する。

「よーし、早速、今日にでもこの国を出ていこう。いや、今すぐにだ！」

しかし話の展開が早すぎる。

あくまでも今日は相談に来ただけだ。家族に事情を伝え、俺の身勝手に巻き込んだことを謝罪する。そのつもりで来たのだが……

「まったくけしからんな。レヴィンには《聖獣使い《ホーリーテイマー》》の力があるのに、それに気付かず国を追い出すだなんて……金鉱山を吹き飛ばしたのは確かにやりすぎだが、もとはと言えばあの愚王のせいだ。とんでもないやつだな、ドルカスは！」

父さんたち、もう少し葛藤《かっとう》したり、俺をたしなめたりした方がいいのでは？

あまりにも話がスムーズに進んだので、俺は面食らってしまう。

「というか、仮にも貴族が自分の主を悪く言うのはまずいんじゃ……」

「我が家が爵位を授かったのは先々代の王の時代だ。ドルカスには大した恩もない」

俺の心配を父さんが切り捨てた。

だからって、王族にはもう少し敬意を……まあ、あの横暴な国王に敬意を払うのも難しい話か。

「どんなところなんでしょう。竜の背中って」

「折角だし、もっと広い家に住めるといいわね」

我が家の女性陣は、呑気に新生活の話をしていた。国の庇護《ひご》を捨て、新天地に旅立つのは大変なことだと思うのだが、心配していないようだ。

とりあえず、家族の同意を得られてよかった。とはいえ、問題はまだまだある。

俺は引っ越しの準備を進めるみんなを止める。

「引っ越すと言っても、俺たちだけで決めるわけにはいかないよ。領民の人たちが応じてくれるかは分からないし、さすがに反発もあると思う」

ルミール村の住民は、先祖代々、この土地に住み続けている人たちだ。

急に領主一家が「引っ越すからついてこい」なんて言っても、普通は拒否されるだろう。

「まあ、そこは領主の私が説得しよう。早速、村民に会いに行こう。レヴィンは一緒に来てくれ」

頼もしく請け負う父さんと共に、俺は村民のもとへ向かった。


村の人たちは、空に浮かぶリントヴルムを見上げて大騒ぎしていた。

父さんが、俺の事情をみんなに説明し、移住の可否を尋ねる。

「――と、そういった経緯で、我が家の大切な息子、レヴィンが国外追放に処されてしまった。私たち一家はあの竜の背中に移住しようと思う。あそこには広い土地があるそうだ。みんな、ついてきてくれるだろうか？」

さすがに、領民たちは呆れるだろうか。一応、移住先はいいところだと保証はできるが。

「竜の背中ですかい？　また坊ちゃまは凄いことをしましたねー。今日にでも引っ越せばいいんですかい？」

村人の一人、ゴードンさんが尋ねてきた。いつも我が家に差し入れを持ってきてくれる人だ。

父さんが彼の質問に首肯すると、他の人たちも口々に言う。

「レヴィン坊ちゃまを追い出すとは……酷いやつだな、そのドルカスってのは！」

「大体ドルカスなんてあたしゃ、顔も見たことないわよ！」

「そんなわけの分からない王様より、グレアム様だ！　俺はグレアム様とレヴィン坊ちゃまを信じるぞ!!　早速、引っ越しの準備だ」

「グレアム様！　自分は早速、今の話を村中に伝えてきますよ!!」

村の人たちは、なんの疑いも反発もなく父さんの提案に賛成した。

これも父の人徳か。大して知らない国王よりも、よく見知った領主を信じようということだろう。

「ドルカス、散々な言われようだな……」

もともと、あまり支持されていない王だったが、ここまでぞんざいに扱われているとなると少し同情……しないな。別にどうでもいい。

「ここにいるみんな賛成のようだな、レヴィン！　ドルカスの求心力のなさに感謝しよう」

父さんはそう言って、大口を開けて笑った。

今ここに集まっている人たちが、全村民というわけではない。

しかし、この様子なら他の村の人たちも反対はしないだろう。
「そこはよかったよ。でも……」
ふと疑問に思う。
引っ越すと言ったって、三百人はいる村人をどうやって引っ越しさせればいいんだ？
空と地上を往復して家財道具を持ち運ぶことを考えると、数ヶ月はかかりそうだ。
どうしたものかと俺は唸った。

――おめでとうございます。市の人口が三百人を突破しました。都市ランクが上がり、新たなコマンドが実行可能となりました。

【リントヴルム市運営状況】
管理人：レヴィン・エクエス
人口：322
都市ランク：E
実行可能なコマンド：【建造】【補修】【回収】【非常食製造】
実行可能な新規コマンド：【移住】

突然アナウンスが聞こえたかと思うと、持ち歩いていた都市管理用の魔導具が空中に映像を投影した。

「【移住】……？」

投影された映像の【移住】をタッチすると、説明文が表示された。

どうやらこれを使うと、地上にある建物を、そのままリントヴルムの背中に移動させることができるらしい。

「建物の移動はこれでどうにかなりそうだな。ただ、人の移動はどうしたものか」

この【移住】を使っても、人を移動させることはできないようだ。

そうなると、エルフィとグリフォンに頑張ってもらうしかない。

「ママー！」

噂をすればなんとやら。グリフォンが飛んできた。

「ちょうどよかった。お前に頼みが……えっ!?」

グリフォンの後ろをついてきた影を見て、俺は言葉を失った。

「見て、見て。お友達できた」

グリフォンが連れてきたお友達——それはワイバーンの群れだった。

グリフォンは、現存する聖獣の中だと最強の飛行生物と言われている。獲物目掛けて滑翔《かっしょう》する速度は、生物の中でも最速だそうだ。

そんな飛行生物の頂点に立つ彼らは、他の飛行種を使役することができた。

このグリフォンも例外ではないようで、ワイバーンを従えたみたいだ。

「ワイバーンが三十匹も……エルウィンが保有する航空戦力に匹敵するな」

ワイバーンはその生命力と機動性を重宝《ちょうほう》され、古くから騎乗生物として利用されてきた。

ただ、飼育が難しいため、いずれの国も数十匹保有するのがやっとという状態で、その背に乗って戦う《飛竜騎士《ワイバーンナイト》》のような存在は限られている。

ワイバーンの一匹が俺に挨拶をする。

「お兄さんが親分のご主人様ですかい？　親分のご主人様なら、俺らにとってもご主人様と同じだ。なんなりと申しつけてくだせえ」

なんともクセのある喋《しゃべ》り方のワイバーンだ。

彼らは俺が【契約《テイム》】した魔獣ではないが、なぜかコミュニケーションが取れる。彼らの主であるグリフォンが、俺のパートナーだからか？

「それは心強いな。君たちが手を貸してくれると本当に助かる」

ちょうど村の人たちの移動方法に悩んでいたところだ。彼らの力を借りれば、短期間でみんなをリントヴルムの背に連れていけるだろう。

ワイバーンはかなりの力持ちだから、地上と空を結ぶ運搬要員としても優秀だ。

俺は早速、村民の引っ越しを進めることにした。

一日に数十人ほどを竜の背へと連れていき、彼らの家を【移住】のスキルで竜の背中に持っていくのだ。

◆　◆　◆

ルミール村の大移動が始まって一週間ほどが経った頃。

「ところで、そろそろ僕にも本当の名前が欲しいなぁ」

俺がいつものようにワイバーンたちに移動を手伝ってもらっていると、グリフォンが甘えるように頭を擦りつけて頼んできた。

「エターナルスカイ？　じゃダメなのか？」

ネーミングセンスはともかく、一応アーガスが付けた名前があり、これまでもその名前で呼ばれてきたはずだ。

「変な人が勝手に呼んでただけで、あれは違うよ。僕の名前はママが付けてくれないと」

グリフォンはきっぱりと拒絶した。

確かに、主人でもなんでもない人間が勝手に付けた名前は、気持ち悪いものかもしれない。

本来の主人は俺だ。それなら、彼の名を考えるのも俺の仕事だろう。

俺は頭を捻って、なんとか案を絞り出す。

「ヴァンっていうのはどうだ？」

異国の言葉で『風』を意味するらしい。グリフォンにはぴったりな名前ではないだろうか。

「ヴァン……ヴァン……うん、いいね。今日から僕はヴァンだ。ありがとう、ママ！」

どうやら気に入ってくれたようだ。

エターナルスカイ改め、ヴァンがワイバーンに指示を出し始める。

「うちの村もこれからは肥沃な土地で農作物を栽培できるのか」

ルミール村の土地は痩せている。

作物はあまり育たないから、ジャガイモやライ麦などの、荒れ地に適した作物に頼らざるを得なかった。

「レヴィンが国を追われたと聞いた時は心配だったが、父さんの杞憂《きゆう》だったたな」

ワイバーンの背に乗って、父さんが下りてきた。

新しい土地で暮らす上でのルールを決めたり、姉さんと一緒に世話になった商人に村の移動を説明したりと忙しくしていたはずだが、休憩がてら俺に会いに来たんだろう。

「あの竜の背中は凄いな。よく肥えた土地が広がっているし、村のみんなも新天地での農作業に気合を入れていたよ」

リントヴルムの背中には肥沃な大地が広がっている。

今はまだ都市の復興がメインで、広大な大地は手つかずだ。これからみんなの手を借りれば、新しいルミール村は今よりずっと裕福な村になるだろう。紆余曲折《うよきょくせつ》を経て、村を発展させるという念願は果たせそうだ。

「だが、まだ家族が全員揃っていない。素直には喜べないな？」

父さんの言葉に俺は頷く。

マーレイ城での戦いのあと、アリアはドレイクに連れられて、彼の領地で食客《しょっかく》のような扱いを受けていると聞く。

アリアを婚約者にすると言い放っていたドレイクだが、彼女が嫌がっているなら見過ごせない。

「どうするんだ、レヴィン？　このまま、放っておくのか？」

「まさか！　必ず自由にしてみせる。アリアが望んで今の状況にいるならともかく、騎士団での仕事も、勝手に婚約者を決められる状況も嫌がっていた。それなら、村に戻った方がいい」

「噂では、国王はアリアとドレイク・ラングラン閣下の婚姻を認めたらしい。策はあるのか？」

アリアがこの国を離れられない最大の原因は、彼女の持つ《神聖騎士《セイクリッドナイト》》の力だ。

強大な力の代償に、主に対して絶対の忠誠を誓わなくてはいけない。その忠誠に反すると、本人が最も大切に想う何かを失うことになるのだと言っていた。

「一応、考えていることはあるんだけど――」

「おーい」

その時、ゴードンさんが慌てて駆けてきた。

「ゴードンさん、一体どうしたんだい？」

父が尋ねると、ゴードンさんが息を整えながら話し始めた。

「そ、それがですね。騎士団が村の近くにやってきて……その、レヴィン坊ちゃまを出せと」

「騎士団が俺を？」

やはり先日の鉱山破壊が原因だろう。

村に手を出してくる可能性は考えていたが、予想以上に動きが早い。

「父さん、みんなを急いでリントヴルムに乗せて」

「お前はどうするんだ？」

「向こうは俺に用があるようだし、まずは相手をするよ」

いざとなればエルフィを始め、心強い仲間たちがいる。

もし相手が強硬手段に訴えるつもりなら、村のみんなが移動する時間を稼ぐとしよう。

俺は騎士団が待つという村の入口へ向かった。


「貴公がレヴィン殿か？」

そこにいたのは、白馬に乗った銀髪の青年――ゼクス王子だった。

周囲には彼の護衛と思《おぼ》しき近衛兵《このえへい》たちが、微動だにせず立っている。

「ゼクス殿下……このような田舎の村に一体どのようなご用でしょうか」

面と向かって話すのは初めてだが、彼の姿は何度か見たことがある。あのドルカス王のご子息とは思えないほどに優秀だという話だ。

「貴公が先日しでかした件について参った次第だ」

俺はその言葉に気を張り詰める。

ゼクス殿下と言えば、武においてはアリアに迫る実力の持ち主との噂だ。近衛兵たちも殿下に負けず劣らずの強者たちだろう。

そんな者たちをわざわざ俺のもとによこしたということは、ドルカス国王は本気で先日の件で俺にけじめをつけさせるということだ。ここで迂闊《うかつ》な発言をすれば、ルミール村がどうなるか分かったものではない。

「先日の件についてですが――」

「本当に申し訳なかった!!」

俺が言葉を紡ごうとした瞬間、殿下は恐ろしいスピードで馬から飛び降りて膝を折り、大声で謝罪した。

「ゼクス様！　このような者に謝ってはなりません！」

「そうですぞ。国王陛下によれば、こやつは我が国に害をなした賊《ぞく》とのこと。そのような相手に頭を下げたとあれば――」

「お前たちは黙っていろ！　もとはと言えば、父の短慮《たんりょ》のせいなのだ」

おろおろする近衛兵たちを殿下が一喝した。

一体、どういう状況なんだ？

「レヴィン殿は正真正銘の《聖獣使い《ホーリーテイマー》》。だというのに陛下は、貴公に暴行を働いたうえで国を追放してしまった。先日の一件の責任は、そのような状況に追い込んだ父にあるのだ」

確かに聖獣降臨の儀でのドルカス王の振る舞いは許せないが、その件でゼクス殿下に頭を下げられるのは、それはそれで違和感がある。

「国外追放については私がなんとしても撤回させよう。父にも謝罪をさせる。だから、その……」

そこまで言って、殿下は口ごもった。

「……どの面を下げてと思うかもしれないが、我が国に戻ってきてもらえないだろうか」

俺が固まっていると、ゼクス殿下が申し訳なさそうに言葉を続ける。

「レヴィン殿の能力を過小評価したテイマー長ギデオンとアーガスは、国外追放の処分となった。当然、その後任に貴公を据えたい。ルミール村には最大限の便宜《べんぎ》を図るし、爵位や給金も保証する。先日の金鉱山の一件も不問《ふもん》に付《ふ》す。貴公の名誉を回復するために、私はどんな手でも尽くそう」

国外追放の身から一転、大出世だ。

ゼクス殿下にここまでの提案をされようとは、思いもよらなかった。

殿下の誠実さを考えれば、今の言葉に嘘はないだろう。俺がエルウィン王国に戻ればきっと、今の言葉通りに取り計らってくれるに違いない。しかし……

「謹《つつし》んでお断りいたします」

俺は丁重に申し出を断った。今はやるべきことがある。

家族とルミール村の人々がリントヴルムの背に移住を決めた。新天地はまだ未開拓の地が多く、みんなで村を盛り上げていくつもりだ。

それに、俺はなんとしてもアリアを取り戻さなくてはならない。村のために国に仕え、結果として過酷な命令に従わされている彼女を、解放したいのだ。

「やはりこれでは足りないか？　それなら、私の持つ全ての権限をもって貴公を――」

俺はゼクス殿下の言葉を制し、首を横に振る。

「いいえ、待遇の問題ではありません。私はすでに、新しい道を歩むことを決めました。この国に未練はもうないのです」

あの国王の下で働くのはありえない。殿下の前で口にするのは畏《おそ》れ多いが、それでも俺は国に戻る気がない最大の理由をはっきりと述べる。

「ドルカス国王は、アリアの持つ力で無謀な戦争を始め、私利私欲のために彼女を使い潰そうとしています。そんな無能な男に仕えるつもりは毛頭ありません」

「なんだと貴様！　我らが王を侮辱するのか？」

俺の言葉に近衛兵が怒りを見せた。

一人の兵士の発言をきっかけに、次々と俺に詰め寄ってくる。

「いくら本当のことだからって、言っていいことと悪いことがあるぞ！」

「そうだ！　俺だって不満はたくさんあるけど、心の中で罵倒《ばとう》するだけで我慢しているんだ！」

「それをはっきり口にするなんて、なかなか勇気があるじゃないか」

「お前たちは黙っていてくれ！」

殿下が近衛兵たちを制する。

この反応……あの王様は誰からも慕われていないようだ。

「レヴィン殿の考えは理解した。実際、父の仕打ちを考えれば、貴公が首を縦に振らないのも当然だろう。だが……」

ゼクス殿下は何か考え込むような仕草で言葉を選ぶ。

「せめて、二人きりでもう少し話せないだろうか？」

「私が殿下とですか？」

「ああ。私としてはなんとしてもレヴィン殿にエルウィンへ戻ってもらいたくてな……無論、何かを企んでいるわけではない。ただ、貴公ともう少し話をしたいのだ」

そう言って、殿下は腰に佩いた剣を地面に放った。

「この通り、丸腰だ。どうか頼む」

「……承知いたしました」

殿下の真意は読めないが、少なくとも敵意があるとは思えない。俺は殿下の真剣な態度に心を動かされ、まだ地上に残っている俺の実家へ案内することにした。

ただ、俺の答えは変わらない。

それでも殿下の話を聞くぐらいならいいだろう。

ここで殿下を味方につけることができれば、もしかしたらアリア救出の一助になるかもしれない。

ふと、そんな考えが浮かんだのだ。

かくして、ゼクス殿下が我が家にやってきた。そして……

「この国を滅ぼしてくれぇえええええええええええ!!」

なぜか突然、絶叫した。

◆　◆　◆

国王ドルカスは、実の息子であるゼクスに対してとても厳しい人物だった。

「ゼクスよ。民を脅かすバジリスクの討伐に行ってこい。お前ならできるな？」

「はい。お任せください、父上」

十二の頃には国内に現れた凶暴な魔獣の討伐を任された。

「ゼクスよ。ワシの名代《みょうだい》として、教皇猊下《きょうこうげいか》の就任を言祝《ことほ》いでこい。くれぐれも粗相《そそう》のないように」

「かしこまりました」

十五の頃には、重要な外交を担当した。

「ゼクスよ。騎士団を率いて隣国の土地を奪ってこい」

「は……？」

「お前ならできるであろう？」

十八の頃には、隣国との無謀な戦争へ駆り立てられた。

どれも命の危険を伴い、祖国の命運を左右する困難なものばかりであった。

しかしゼクスは優秀で、それらをこなしてみせた。

全ては、自分に期待をする父と愛する祖国のため、そう思って努力を重ねてきた。

「チッ……忌々《いまいま》しいゼクスめ。なかなかくたばらん。無謀な侵攻をさせても涼しい顔で成功させてきおって」

ある日、ゼクスが見たのは、自分に対する悪態をつく父の姿であった。

「あやつが生まれてから、民はあやつばかり支持しておる。誰が王か忘れたか、愚民共め」

ドルカス王は平凡であった。

傑出《けっしゅつ》した能力は持っておらず、勤勉《きんべん》さもない、ただ欲深いだけの男だ。

国を大きくしたいだとか、偉大な王として名を残したいだとか、たいそうな夢は語るが、実行するのは全て臣下。この国で彼を支持する者は少ない。

「いっそ、暗殺者でも雇《やと》うか？　ゼクスが死ねば、愚民共も誰が真の王か思い出すだろう」

己の無能さに気付かず、王は息子に嫉妬《しっと》心を抱いていた。あろうことか、その死を望むほどに。

「っ……」

しかし、ゼクスはこの言葉を聞かなかったことにした。なぜなら、父親と対立して、国の運営をおろそかにすれば、祖国を混乱させるだけだと分かりきっていたからだ。

――私がエルウィン王国を支えなければならない。

その使命感だけで、ゼクスは国王の無茶な命令に従い続けた。

ゼクス率いる騎士団が魔獣を討伐すれば、脅威が去ったのだからと騎士団の予算を減らし、新たな魔獣が現れた時には備えが不十分となる。

外遊《がいゆう》に同行すれば、ゼクスが相手国の王族との間に信頼を築いても、その晩の酒席でドルカスが無礼を働いて心証を害してしまう。

無謀な戦いを引き起こし、ゼクスがなんとか隣国から土地を奪っても、重税を課したり領民に強制労働を強いたりしては、すぐに反乱を起こされる。

ゼクスの功績は全てドルカスに台無しにされてきた。しかも恐ろしいことに、ドルカス自身に悪気はない。ただただ統治者としての能力がないために、やることなすこと全てが失敗に繋がってしまうのだ。

「もう嫌だ……死にたい……」

日に日に凋落《ちょうらく》していく祖国を見て、ゼクスは神経をすり減らしていた。それでも、そんな姿を臣下たちに見せまいと、ゼクスは次代の王として立派な振る舞いを心がけた。

弱音を吐きたい、全てを投げ出したいという本心と、民の前ではよき王子であらねばという義務感の板挟みになりながら、ゼクスはすっかり消耗しきっていたのだ。

いっそ、守るべき祖国が滅んでしまえばいいと錯乱してしまうほどに。


「この国を滅ぼしてくれぇえええええええええええ！」

「で、殿下!?　お気を確かに！」

突然のゼクスの乱心に、レヴィンが慌てる。自宅に招いたゼクスが、いきなり泣きながら叫び始めたのだから、レヴィンもどうしたらいいか分からない。

「このままだと私は貴公の村を焼かねばならぬ。私がそんなことをする前に、いっそ貴公がこの国を滅ぼしてくれぇぇええええええええええええええ！」

すでにゼクスは正常な判断ができていなかった。

ドルカスが下した命令など実行できるはずがない。レヴィンがおとなしく戻ってくれたならよかったが、彼の決意も固い。国王から受けてきた仕打ちと相まって、とうとうゼクスは乱心した。

しかし、そんな彼に救いの手が差し伸べられた。

レヴィンが優しく諭す。

「それなら、いっそエルウィン王国を離れてしまいましょう。一度しっかりと休まれるのです」

「え……？」

「殿下は酷くお疲れのご様子。うちの村は落ち着いた景観でゆっくり過ごすにはちょうどいいところです。心ゆくまで静養されてみては？」

休めばどうかと進言されるのは、ゼクスにとって初めての経験だった。

国王は、休む暇があればこの国のために尽くせと怒鳴る。臣下たちは、休みなく働くゼクスを称賛するものの、いつも完璧《かんぺき》な彼を心配することはなかった。

レヴィンはそんなゼクスに休んでいいと言ったのだ。

「ゼクス殿下は今まで必死に働いてきたのでしょう？　ドルカス王の無茶なご命令にも応え、我々国民のために尽くしてくださいました。だからもう頑張らなくても、誰も殿下を責めはしません」

「だが、それでは民が救われぬ！」

「でしたら――」

レヴィンは深く息を吸うと、ゆっくりとある提案をした。

「あのドルカス王を玉座から引きずり下ろし、殿下が王位に就かれればよいのです」

それは天使のささやきか、悪魔の誘惑か。

いずれにせよ、ゼクスにとってはこの上なく魅力的な提案であった。

◆　◆　◆

俺はひとまず、精神の限界を迎えていたゼクス殿下を、リントヴルムの背に連れていった。

ルミール村の人や近衛兵には、遥々《はるばる》視察に訪れた殿下をもてなすためだと説明する。

彼を護衛する近衛兵たちもついてきた。

「ここが金鉱山を破壊した竜の背中か。なんというか廃墟のようだな」

「事実、廃墟です。昔の建物が崩落して、そのままですから」

俺は殿下たちを先導しながら、【移住】させたルミール村を目指して歩く。

「おっと、ここは瓦礫で通れなくなっているな。迂回《うかい》しよう」

「いえ、その必要はありません」

俺は魔導具を取り出して【回収】を実行する。

すると、建物の残骸が跡形もなく消えた。

「これは……一体どうやってやったんだ？」

「この都市の管理用魔導具を使いました。こうすれば瓦礫を撤去できますし、まだ試せていないのですが素材として再利用できるそうなんです」

そんな説明をしながら、俺たちは進んでいく。

「着きました。ここが新たなルミール村です」

「なっ……」

神樹の前にはルミール村の民家が並び、その側には広大な田畑が広がっていた。

「村を丸ごと移住させたのか。なんと桁外れな力だ……」

ゼクス殿下は、目の前に広がる光景に目を丸くしていた。

「とりあえず、殿下の家をご用意いたします。殿下の私室に比べたら質素でしょうが、それなりに快適に過ごせるはずです」

「家を用意？　どういうことだ？」

俺は早速【民家：小】を選択し、【建造】する。

ゴウッと音を立てながら、殿下の前に二階建ての家が出来上がった。

「さあ、殿下。今は立場や使命を忘れて、ゆっくりと休息を取ってください」

「まるで夢のような技術だな」

こうして、王子がルミール村に滞在することとなった。

◆　◆　◆

殿下が村に来て一週間後、俺はキッチンでスープを作っていた。

「まさか、たった一週間で野菜が収穫できるなんてな」

無事にルミール村の移住が終わり、このリントヴルムの背もそれなりに人里らしくなってきた。

そこで、俺たちは前から計画していた農業を始めた。そして、農業に従事していた村の人たちと、三人のヴァルキリーが協力して作業した結果、わずか一週間で最初の野菜が採れたのだ。

「よし、これで完成だ」

俺は出来上がった料理を、ダイニングで待つみんなのところに鍋ごと持っていく。

「そういえば、ルビーのことを村の人が褒めていたよ。誰よりも働き者で、助かっているって」

「そんな……体力が自分の取り柄ですから」

「サフィールとトパーズもありがとうな。二人の力のおかげで、あっという間に今まで見たことないような立派な野菜が採れた」

今回の功労者は間違いなくこの三人だ。

土地の痩せたルミールで採れる野菜はどれも小さく栄養の少ないものばかりであった。

しかし、こちらに移住してからはルビーがあり余る体力で何人分もの活躍をし、サフィールたちがサポートしたことによって、これまでにない丸々とした野菜が出来上がったのだ。

「今日はミネストローネを作った。たくさんあるから、みんな遠慮なく食べてくれ」

キャベツやトマトなど、これまであまりルミール村で栽培できなかった野菜もたくさん採れた。

俺はそれらをふんだんに使ったトマトスープを作り上げたのだ。

「まずは一口……」

空に上がって初の野菜だ。

どれほどの味か、俺も試してみたい。

俺はスプーンでたっぷりスープと具を掬うと、口の中に放り込む。

「うまぁああああああああああい！」

想像以上の旨みに思わず大声を上げてしまった。もしかしたら、これまで口にしたどの野菜よりも美味しいかもしれない。

「レヴィンさん、そんなに叫んだらはしたないですよ」

「だが、これは叫ばずにはいられない出来だ。エリスも食べてみてくれ」

俺がエリスに勧めると、彼女もスプーンを手に取った。

「んんっ～～～～～～～～～～！」

スープを口に含んだ瞬間、エリスは顔を赤らめて悶えた。

「美味しい！　美味しいですよ、レヴィンさん!!」

勢いよく椅子から立ち上がったエリスが大声で叫んだ。

俺はその反応をからかう。

「はしたないんじゃないのか？」

「だって、こんなに美味しいミネストローネは初めて食べたものですから」

俺たちがそれぞれスープを味わっていると、隣から不安そうな声が聞こえてくる。

「あれから一週間……本当にいいのだろうか。こんなにのんびりしていて……」

ミネストローネを前に、ゼクス殿下がため息をついた。

彼は毎日のように同じ悩みを呟いていた。先日の俺の「ドルカス王を引きずり下ろして、殿下が王になればいい」という進言が原因なんだと思う。

だが、あれは本心からの言葉だ。実際、ゼクス殿下ほどの人ならエルウィン王国を正しく導けるだろうし、あの男が王位に就いていることは国にとって不幸なだけだ。とはいえ、殿下はまだ考えがまとまりきっていないようで、こうして連日我が家を訪れては苦悩する姿を見せていた。

俺は頭を抱えている殿下にそっと声をかける。

「殿下、こちらのスープは自信作ですので、ぜひお召し上がりください」

「うむ。確かに、美味しそうな匂いだ。皆も絶賛しているようだしな。まずは腹ごしらえをしよう」

ゼクス殿下がスープを口にした。

「んまぁあああああああああああああい！」

案の定、彼は絶叫した。

「トマトのほどよい酸味と鶏肉、そして野菜の旨みが凝縮され、実に贅沢な味わいだ！　本当に美味しい野菜とは、口にすると確かな甘みを感じるものなのだな。この一週間、様々な料理を食べさせてもらったが、全て素晴らしい出来だ。レヴィン殿、貴公は料理の才に溢れている！」

興奮した様子の殿下が、早口でまくし立てた。

料理を気に入ってもらえたのはとても嬉しいが、暗い雰囲気で悩みを口にしたと思ったら、料理を食べて凄まじいテンションで叫び始めるので、正直心配な面もあった。

「ひとまずお気に召したようで、光栄です」

「うむ。王城では、錬金術士の調合した栄養剤で食事を済ませていたからな。ここに来てから、まるで天国にいるような心地だ」

内情を知れば知るほど、ゼクス殿下が相当に追い詰められていたことが分かる。

なんというか、本当にお気の毒だ。

「ママの料理は今日も最高。これで、明日の探索《たんさく》も――」

「おっと」

俺はエルフィの口を手で塞《ふさ》ぐ。

「そのことはまだ秘密だ」

「むが……そうだった。ごめん」

俺が隣にいるエルフィに小声で話しかけると、彼女は素直に謝った。

以前は、ゼクス殿下のことを非の打《う》ち所《どころ》がない完璧な人物だと思っていたが、その実、ドルカスに振り回されて、かなり心が疲弊しているようだ。そこで、俺とエルフィは彼を癒やすために何かできないかと探っていたのだ。

「とにかく、明日はよろしく頼むぞ、エルフィ」

「任せて、ママ」

俺たちは顔を見合わせて頷き合った。

◆　◆　◆

穏やかな鳥の囀《さえず》りが響き渡る中、ゼクスはゆっくりと目を覚ます。

「私がこの地に来て今日で十日目か。村の者たちには随分と世話になってしまったな」

レヴィンに連れられルミール村に来てから、ゼクスは穏やかな日々を過ごしていた。

朝は心ゆくまで眠り、昼は村人たちが栽培した新鮮な野菜や、どこからか買いつけているらしい肉が使用された贅沢な料理に舌鼓《したつづみ》を打つ。

午後には竜の背中に広がる大地を探索し、時には気ままに釣り糸を垂れた。そして、夜になれば毎晩のように宴が催され、上等な酒と喧騒《けんそう》を味わっている。そんな日々が続いていた。

公務に追われ、精神的な安らぎを得ることがなかったゼクスにとって、村での毎日は確かに心休まるものだった。

だが、その表情は晴れない。

「はぁ……」

ゼクスはそっとため息をついた。

穏やかな日々を送る一方で、ゼクスは日に日に焦燥感《しょうそうかん》を募《つの》らせていた。

――あのドルカス王を玉座から引きずり下ろし、殿下が王位に就かれればよいのです。

頭の中で反芻するのは、レヴィンの言葉だ。

(確かに父上は無能だ。あれを放置しておけば、我が国はろくな道を辿らないだろう)

頭の中ではそれを理解しているものの、ゼクスには不安があった。

「王の息子が謀反《むほん》を企《くわだ》てるなど、国が荒れる要因だ。それなら、あの男の死を待てばよいのでは？」

いずれドルカス王も天寿を全うする。

その時になれば、唯一の継承権を持つゼクスが王位を継ぐのは確実だ。

ゼクスはこうして毎日のように思い悩み、日々を無駄にしていることに焦りを感じていた。

「よし……そうだ。うん、そうしよう。無理に争いを起こす必要は――」

――トントントン。

ようやく結論を出そうとしたその時、部屋の戸がノックされた。

「ゼクス殿下、朝食をお持ちしました」

レヴィンだ。

ここ数日、彼は頭を悩ませるゼクスのために、部屋まで食事を運んでいた。

「いつもすまない。レヴィン殿には気を遣わせてしまっているな」

「いえ、これで殿下のお気持ちが少しでも安らげば……」

机にシチューとパンが並べられる。

「あら、この方かしら？　確かに、酷く心が疲弊しておりますわね」

レヴィンの背後から、一人の少女が顔を出した。

少女の背中には、まるで蝶の羽のような、透き通った緑色の四枚羽が広がっている。

「レヴィン殿、彼女は？」

「二日ほど前、私はエルフィと一緒に竜大陸を探索してまいりました。その時にある湖で出会った大妖精を【契約《テイム》】したのです」

「確かに並々ならぬ霊圧を感じる。名はなんと？」

「フィルミィミィですわ。癒やしの妖精よ」

そう言ってフィルミィミィが羽ばたくと、銀色の鱗粉《りんぷん》のようなものがあたりに振り撒かれる。

「わたくしの鱗粉は、心を安らげるお香のように使えますわ。遠慮なく吸ってみてくださいな」

ゼクスは恐る恐る鱗粉を吸った。

怪しく見える少女だが、レヴィンがわざわざ連れてきた存在ならば問題ないだろうという判断だ。

「ん……確かにどこか心が落ち着いてきたような気がするな」

先ほどまで渦巻《うずま》いていた焦燥感が薄らいでいき、ゼクスの眉間《みけん》の皺《しわ》が取れていく。

「効果てきめんかしら？」

「ああ、殿下の表情が柔らかくなってきたようだ。ありがとう、フィルミィミィ」

レヴィンがそっとフィルミィミィの頭を撫でる。

「わたくし、人を癒やすのが好きですが、こうして褒められるのも大好きでしてよ」

フィルミィミィがはにかんで答えた。

ゼクスがレヴィンに尋ねる。

「まさか、私のために彼女を捜してきてくれたというのか？」

「はい。殿下は、エルウィンの未来にとって間違いなく必要なお方。その身を労るのは当然です」

「だが貴公は、我が国から追放された身だ。故郷の村も、この強大な神竜の背に移転し、我が国の支配下を脱した。そこまでする理由はないのでは？」

ゼクスの言う通り、レヴィンは祖国に未練も愛郷心も持っていない。

「殿下のおっしゃる通り、私が祖国に尽くす理由はございません。ですが、それが未来の友好国であれば話は変わります」

レヴィンの言葉にゼクスはぽかんとした。

「恐れながら、私はこの竜の背で、国を興そうと考えております」

「く、国をか？」

「ここには広大な領土があり、民がいます。私はみんなの安住の地を作りたいのです。そのために、まずどこか一国でも、我々を対等な国家として認めてくだされればと思っています」

「貴公は……なんというか、恐れ知らずだな？」

ゼクスが呆れた。

「確かに神竜の加護を得た地であれば、国を興すことができるかもしれないな。だが、周辺国は貴公の作る国を容易く認めてはくれないだろう」

レヴィンはエルウィンとクローニアの国境にある金鉱山を吹き飛ばした。周辺諸国からも警戒されている可能性は高い。

それはレヴィンも理解しているのだろう、頷きながら言う。

「だからこそ、ゼクス殿下とは友好的な関係を築きたいのです。殿下も今のエルウィンの現状をよく思っていらっしゃらないでしょう？」

「それはそうだが……だからといって、貴公の企てに乗るというのも……」

やはり、ゼクスは国王に反旗を翻《ひるがえ》すことを決めきれずにいた。

「もう。今日はそんなお話をしに来たわけではないでしょう？　ゼクス様にゆっくりとお休みいただくのではなくって？」

二人のやり取りを聞いていたフィルミィミィが、拗ねたようにレヴィンを責めた。

「おっと、そうでした。今後のことは置いておいて、ゼクス殿下は酷くお疲れです。折角、村にお招きしたのですから、心ゆくまでおくつろぎいただこうといろいろ用意しました。今日はお出かけになりませんか？」

そう言ったレヴィンは、ゼクスを外に連れ出した。


そこは、鈍い光沢を放つ木材が使われた酒場であった。

「フィルミィミィの提案で、バーを作ってみました。それなりに凝った内装でしょう？」

「ああ。先日は見かけなかったが、これも都市の機能を応用して生み出したというわけか」

フィルミィミィとゼクスはL字形のカウンターに腰掛ける。

「ゼクス様、お酒は嗜《たしな》まれるかしら？」

フィルミィが尋ねると、ゼクスが首を傾げた。

「ああ。もしかしてフィルミィ殿が用意してくれるのか？」

その言葉にレヴィンは首を横に振る。

「いいえ、酒とツマミは私が準備いたします」

「わたくし、人間の料理は不勉強ですの。しばらくは私のマスターにお任せしますわ」

（見切り発車でスタートしたバーだが大丈夫だろうか？）

ふと、レヴィンは不安を覚える。

店は用意したものの、酒類は村の人たちに分けてもらった品を並べているだけだ。

急ごしらえのバーで果たして満足してもらえるか、彼は心配だった。

「ということで、マスター。本日は貸し切りですわ。心ゆくまで、その腕を振るってくださいな」

レヴィンはフィルミィに頼まれるがままに、酒とツマミを用意した。

「これは……サーモンのカルパッチョか」

「レモンとオリーブオイルで軽く味を付けただけの、簡単なものです」

レヴィンの言葉に軽く頷いたゼクスはフォークを上品に操り、カルパッチョを口にする。

「素晴らしい！　簡素ながらも、こだわり抜かれた味付けだ。タマネギのきつい辛みも抑えられていて、調味料の比率も完璧だ!!」

ゼクスは提供された料理に舌鼓を打つ。

「さすがに、ワインは普通のものしか用意できませんでしたが……」

「いや、ワインの爽やかな酸味が、クセのないカルパッチョによく合っていて美味い。やはりワインは値段ではなく、料理とのマリアージュが肝心だな」

「お気に召していただけたなら幸いです」

レヴィンはゼクスの食の進み具合を確かめつつ、酒とツマミを提供していった。


「うぅ……わ、私だって頑張っているのだ！　戦にばかり精を出し内政に目を向けない父上に代わって議会と折衝《せっしょう》したり、民の陳情《ちんじょう》を聞いたり……」

しばらく後、ゼクスはすっかり出来上がっていた。

「そもそも、父上は人の心がお分かりでない！　相手も人間なのだから敬意をもって接さなければ、離反されるに決まっている。その結果が今回の失態を招いたのだ！」

「そうですわね～。周りの人は大切にしないと、いつか自分に跳ね返ってくるものですわ」

「うぅ……分かってくれるのはフィルミィミィ殿だけだぁ……」

ゼクスは、先ほどからこうしてフィルミィミィに愚痴《ぐち》と涙をこぼし続けていた。

それも彼女の膝の上で。ゼクスは隣に座るフィルミィミィに膝枕されていた。

「ゼクス様はよく頑張っていらっしゃいますわ。お父上は、それを理解されていないのね」

フィルミィミィもゼクスを拒絶する様子はなく、それどころか頭を撫でて彼を甘やかしていた。

「俺は一体何を見せられているんだ……」

フィルミィミィはレヴィンたちよりも遥かに長い時を生きる大妖精だが、見た目は年端もいかない少女だ。傍から見ると、少女に甘える危ない大人の図だった。

その様子に、レヴィンは複雑な心境を抱く。

「まぁ、殿下がこうして心を許して、愚痴を吐くのは悪いことではない……はずだ」

そうして、ゼクスはこれまでに溜め込んでいた不満を吐き出すのであった。

◆　◆　◆

フィルミィミィに散々愚痴をこぼした殿下が、泥のように眠った翌朝。

俺は殿下に呼ばれて彼のもとを訪れていた。

「父上には退位していただこう。レヴィン殿にも協力していただきたい」

すっきりとした表情で開口一番、殿下があっさりと言ってのけた。

「よろしいのですか？」

俺にとって望ましい展開だが、それは国王に対して反乱を起こすということだ。失敗する可能性もあるし、そうなった場合、殿下の命はない。

だが、殿下の決意は固いようだ。

「祖国のため、あの男をのさばらせておくわけにはいかない。このまま放っておけば、私が即位する前に国が滅びる」

「もちろん、殿下がご決断されたのであれば、私も全力でお手伝いします」

「ありがとう。私が新たな王として即位した時は、レヴィン殿の建てる国を承認し、正式な外交を行おう」

「それは……願ってもないお話です」

こうして、俺とゼクス殿下は秘密裏《ひみつり》に同盟を結んだ。

「ところで、レヴィン殿」

「なんでしょうか、殿下？」

「バーは今夜も開けてくれるのか？　フィルミイミィ殿はいらっしゃるだろうか」

ゼクス殿下はすっかりバーの……フィルミイミィの虜になっていた。


それから俺と殿下はとある計画を立てた。

計画を実行するために、村のことをみんなに任せて、俺は一人でエルウィンの王城へ向かう。

国外追放となった手前、警戒されるかと思ったが、特にトラブルもなく、昼過ぎには謁見の間に通された。

「おお、よく来てくれた。ええっと……」

「レヴィン・エクエスです」

「ああ、そうだ。そんな名前だったな……レヴィン、よくぞ戻ってくれた。正直に言って、貴様が金鉱山を破壊したと知った時は失望したが、ワシは寛大《かんだい》な男だ。過去のことは水に流そう」

平然とドルカスが言ってのける。

理不尽な理由で俺を国外に追い出しておきながら、よくも寛大だなどと言えたものだ。

内心で呆れていると、ドルカスが上機嫌で話す。

「アーガスとギデオンは、今頃どこぞの森で野垂れ死んでいる頃だろう。やつらは愚かにもこのワシを欺《あざむ》き、国益を大いに損なった。一族の領地、財産を全て取り上げ、全裸で国中を引き回したあとその辺に放り出してやったわ」

「そ、そうですか……」

彼らによって俺の人生が狂わされたのは事実とはいえ、なかなか哀れな目に遭っているものだ。

「それよりも、ここに来た以上はワシのため、国のために尽くしてくれるということだな？」

「もちろんです。愛する祖国エルウィンのため、陛下に忠誠を誓うつもりでございます」

ドルカスに答えた直後、俺の側に蒼白い光が渦巻いた。

そして光が収まると、美しい白色の竜――エルフィが現れる。

「ガァアアアアアアアア！」

「ひっ……」

エルフィが咆哮すると、ドルカスが怯えたような表情を浮かべた。

俺は威勢《いせい》よく周囲を脅かす彼女をおかしく思いながら、頭を撫でてその場に座ってもらう。

「も、もしや、これが神竜とやらか？」

「はい。まだ成長途中の彼女ですが、それでも強大な力を持っています。戦場に出せば一瞬で敵の

砦を消滅させ、敵軍を立ち退かせる活躍を見せてくれるでしょう」

「そ、そうかそうか。ふむ、素晴らしいな、《聖獣使い》《ホーリーテイマー》というのは。あのクズはグリフォンですら手懐《てなず》けるのに苦労していた。だが、この神竜の力があれば、フフ、このワシも……」

自分自身が強くなったとでも思っているのか、国王はエルフィに秘める力に酔《よ》いしれているようだ。テイマーは、あくまでも聖獣に協力してもらう立場だ。《聖獣使い》《ホーリーテイマー》だからといって、無条件にエルフィたちを従わせられるわけではないというのに。

「さて、レヴィンよ。貴様には、ワシに与えられた真の使命について教えておこう」

「真の使命……ですか？」

「うむ。かつて魔族を率いて人々を虐げた邪悪なる覇王、その討伐を果たした英雄の一人であるシグルドの血をワシは引いておる。彼の生まれ故郷が、現在クローニアが有するクレスという地なのだ。ワシはシグルドの子孫として、あの聖地を取り返さねばならぬ。先の戦いもその第一歩であったのだ」

シグルドの伝説については俺も知っている。しかし、そこには不明瞭な点が多く、エルウィン王家がその血を引いていることも、生家《せいか》が隣国クローニアにあったという話も定かではない。

それに俺が宮仕えをしていた頃は、ドルカスがクレス奪還を目指しているなんて聞いたことがなかったが……誰かに吹き込まれたのか。

要するにこの王は不確かな噂を信じて、これから貴重な人的資源と国費を無駄にしようとしているわけだ。

「ワシは聖地を奪還し、我が名を世界に轟《とどろ》かせるつもりだ。そのためには貴様の力が必要となるだろう。当然、協力してくれるな？」

「もちろんです、陛下。我が力、いかようにでもお使いください」

そう答えた俺だが、当然、そのつもりはない。

あえて、ドルカスに従ってみせるのも、全てはゼクス殿下のため……俺たちの第一目標は、王の信頼を得ることだ。どうやら、その目的は容易に達成できそうだ。

俺の言葉を疑う様子がないドルカスにほくそ笑みつつ、俺は次の話を進める。

「ところで、陛下に確認したいことがございます」

「確認したいこと？　よかろう。なんでも申すがいい」

ここからが計画の正念場だ。

俺が指を鳴らして合図をすると、兜を深くかぶったヴァルキリーたちが、強く縛り上げられたゼクス殿下を連れてきた。

ゼクス殿下は苦悶の表情を浮かべて抵抗するが、その度に棒で叩かれる。

「無駄な抵抗をするな！　さっさとついてこい！」

いつもの真面目な態度からは想像がつかない乱暴さで、ルビーが殿下を王の前に放り投げた。

縛られた殿下は、ろくに立ち上がることもできずに床に転がった。

「ゼ、ゼクス……!?　こ、これはどういうことだ!?」

さすがに状況が呑み込めないのか、ドルカスが心から驚いたような声を出した。

「先日、私の故郷ルミール村が、騎士団による襲撃を受けました」

「な、それは……」

ドルカスの顔に動揺が走った。殿下から伺っていた通り、ドルカスが俺を従わせるために村を人質に取れという命令を下したようだ。

「指揮を執っていたのがこの男……ゼクス・ノア・エルウィン。彼は私の家族を捕らえるとその命を盾に、私に服従を強いました。なんとか反撃して取り押さえましたが、田畑は荒れ、家族も民も心に傷を負ってしまいました。やむを得ず、我々は慣れ親しんだ土地を捨てたのです」

「レ、レヴィンよ。それはだな――」

「また殿下はこうも言っておりました。全ては陛下……あなたの差し金であると！」

ドルカスの言葉を遮り、俺は勢いよく言い放った。

「ふ、ふざけたことを申すな！　ワシがなぜそのような卑劣な命令を下さねばならぬのだ‼」

ドルカスは立ち上がると顔を真っ赤にして怒鳴り散らした。

明らかな取り乱しように、俺は笑い出すのを堪える。こんなに動揺すれば、自白しているのと同じだ。

「なるほど。今回の襲撃は殿下の独断であり、陛下の与《あずか》り知らぬところで行われたと？」

「当然だ！　民とは国の宝。それを守るどころか虐げるなど……息子ながら実に愚かな行いだ！」

陛下はこのまましらを切るつもりのようだ。

思った通りだ。俺はその言い分を信じたふりをする。

「承知いたしました。やはりあれは、殿下が言い逃れるための虚言だったのですね」

「うむ。こいつの暴走に違いあるまい。我が息子ながら信じられんクズだ」

「では、陛下に一つお願いがございます」

「な、なんだ？」

冷や汗をかきながらドルカスが尋ねてきた。今のドルカスは、村への襲撃を許可したのが、自分であると悟られぬように必死なのだろう。

もしそのことがバレて、俺を怒らせれば《聖獣使い《ホーリーテイマー》》を失ってしまう。

以前の失敗で、ドルカスは俺を追放し、結果的に金鉱山を失った。下手なことを言って、俺を逃すわけにはいかないはずだ。

ゆえに、よほどのことがなければドルカスは俺の頼みを突っぱねない。

「私にとって、家族と故郷は自分の命以上に大切なもの。それゆえ、私はこの男が許せません」

ここまでの展開は予想通り。俺は最後の詰めに、遠慮なくある要求を突きつける。

「ゼクス・ノア・エルウィン。彼の処刑を所望します」

俺の一言に、謁見の間は騒然となった。

◆　◆　◆

その後のエルウィン国内は相当に紛糾《ふんきゅう》した。

俺の要求を受けて、ドルカスがゼクス殿下の処刑を認めてしまったからだ。

国民から広く慕われている王子の処刑を知った国民は激怒し、往来でドルカスを批判したり、抗議活動を行ったりするなど混乱を極めた。

国民の反発に慌てたドルカスが殿下の処刑を撤回する様子は、予想通りとはいえ滑稽《こっけい》だった。

あまりにも場当たり的な判断により、国民のドルカスへの信頼は底を割り、不満は燻《くすぶ》り続けている。

それは平民に限った話ではなく、貴族たちの間でも同様だった。


「ゼクス殿下に対する不遜な態度、一体なんのつもりだ⁉」

殿下の処刑騒ぎから数日後。王城の廊下を歩いていた俺は、一人の男に胸ぐらを掴まれた。

「《聖獣使い《ホーリーテイマー》》だかなんだか知らないが、ふざけたことを言うな！」

血気にはやって俺を詰《なじ》ったのは、殿下を強く信奉する貴族の人間だった。

男の顔には見覚えがあった。俺がゼクス殿下の処刑を求めた場にもいた、伯爵《はくしゃく》家出身のディランという騎士だ。

彼はゼクス殿下の功績や人となりを熱く語りながら、いかに俺の行動が愚かであるか訴える。

当然、このような軋轢《あつれき》を招くことは予想していた。

「あなたがどう思おうが関係ないな。手を放してくれ」

俺はディランを冷たく突き放した。今後のため、国王への不信感を徹底的に煽《あお》る必要がある。

「その態度はなんだ!!　自分の行いがどれほど罪深いか、理解していないのか!?」

俺たちの意図を知らないディランは、立ち去ろうとする俺を引き止めた。

さて、どうかわしたものか。

「おいおい、こんなところで揉め事か？　ここは我らがドルカス陛下のお住まいだぞ？　つまらない小競《こぜ》り合いを持ち込むんじゃねぇよ」

意外なことに、俺を助けたのは以前アリアを連れ去ったドレイクだった。突然現れた彼はディランを引き剥がし、仲裁《ちゅうさい》に入る。

「どうやら立場を理解してないようだな。ここにいるレヴィン殿はS級天職持ちで、ドルカス陛下が特に信頼されている方だ。そんな相手に逆らうのは陛下に逆らうのと同じだ。そうなれば貴様だけでなく、親類縁者にまで累《るい》を及ぼすということを忘れるなよ」

「っ……いつかお前の化けの皮を剥いでやるからな、《聖獣使い《ホーリーテイマー》》！」

ドレイクの圧に押されて、ディランが立ち去っていった。

「ククッ、随分と面白いことになったな。あの時のテイマーが思い切ったことをしたものだ」

マーレイ城で遭遇した時のことを言っているのだろう。

ドレイクは愉快そうに俺の所業を笑い、胸に抱いた生き物の頭を撫でた。

俺は彼が連れている生物を見て、目を見張る。

「それは……まさか、カーバンクルですか？」

ドレイクが抱いていたのは珍しい幻獣《げんじゅう》であった。

女神が生み出した聖獣とは別に、自然に生まれた獣の中でも特別な力を持った魔獣を幻獣と呼ぶ。カーバンクルは膨大な魔力の詰まった宝石を頭に持つ希少な獣で、滅多にお目にかかれるものではない。

「テイマーだけあって、気になるか？　これは異国の商人から買いつけたものでな。なかなか珍しいだろう？」

カーバンクルはドレイクの腕の中ですやすやと眠っている。あまり人に懐《なつ》かない種族だが、ドレイクに愛《め》でられて随分とリラックスしているようだ。案外、獣に好かれる性質なのだろうか？

とはいえ、俺は当然まだ彼に気を許せない。

「おっと、そう言えば紹介していなかったな。正式に俺の婚約者となったアリアだ」

その傍らに、暗い表情をしたアリアがいるからだ。

彼女は俺と視線を合わせず俯いていた。まるで、自分の姿を見られたくないと言うかのように。

今の俺には何もできない。アリアは例の短剣で従わされている。

「……それでは、失礼します」

俺はドレイクに頭を下げて言った。

いずれ必ずアリアを解放する。改めてそう誓い、俺はその場をあとにするのであった。

◆　◆　◆

リントヴルムの背中に戻った俺は、いつものようにその日の出来事をある人物に報告した。

「ハハハ、随分とディランに嫌われたものではないか、レヴィン殿」

俺の状況を聞いて、楽しそうに笑っているのはゼクス殿下その人だ。

ドルカスが殿下の処刑命令を撤回したあと、俺がその身柄を預かっていたのだ。国民の反発を考えれば俺に殿下を預けるなんてありえない話だが、ドルカスはまんまと許可を出した。

おかげで、殿下は牢に繋がれることなく回収できた。殿下には重大な役目がある。捕まったままでは困るのだ。

「当然ながら平民も貴族も猛反発しています」

王城では、ディラン以外にも大勢の者が俺に非難の視線を向けているのを感じた。

無理もない。ゼクス殿下は抜きん出た才を持ち、強い支持を集めている人格者だ。

そんな人物が無能な王に処刑されかけたとなれば、誰も納得はしない。

「普通は一臣下の進言だけで王太子を処刑しようなどありえない。父上はよほど、私のことがお嫌いなのだろう。フハハハハハ」

実の親に死を願われるなど、ただ事ではないと思うのだが、かねてからドルカスに暗殺を企図《きと》されてきた殿下は軽く笑い飛ばす。

「さて、父と、ついでにレヴィン殿への、民たちの怒りと不信感はかなり高まった」

「機が熟せば民は蜂起《ほうき》し、殿下を王座に据えるため動くでしょう」

「ふむ、目論見《もくろみ》通りに進んでくれればいいのだがな」

王の器という点で、殿下とドルカスでは比べものにならない。しかし、殿下は自信があるわけではないようだ。

確かに殿下は貴族にも平民にも慕われている。だが、ドルカスが殿下に権力を持たせることを嫌ったために、彼自身の兵力はない。

好きに動かせる騎士団があるわけでも、有力貴族に命令が下せるわけでもないのだ。

「ドルカス国王は、前回の失敗を受けてもなお、クローニアへ侵攻を繰り返すつもりのようです。彼への不信感が高まっている今、無謀な戦争で国家の財政を逼迫《ひっぱく》させ、さらにはその作戦が失敗したとなれば、王に従う者はいなくなるでしょう」

俺たちの計画は単純だ。とにかく、ドルカスに失態を演じせる。

才能に溢れ、民に慕われる有能な王太子の処刑。それが、突然現れた田舎貴族の息子の一言で行われかけたのだとすれば、これほど横暴なことはない。

そこに外征の失敗が加われば、国民の間で燻っていた陛下への不信感が一気に煽られ、反乱へと繋がるだろう。

そうしてドルカスを追い落として、殿下を即位させる。それが俺と殿下の計画だ。

殿下は不安がっているが、この様子ならきっと上手くいくだろう。

「それにしても目下最大の障害はラングラン卿だな」

殿下が呟いた。

正直に言ってドルカスのみなら大した相手ではない。

もともと国民からの支持はないし、ゼクス殿下が本気で策謀を巡らせれば、あの無能では何もできないだろう。

問題は、彼が厚遇《こうぐう》するとある貴族家だ。

「国内で最大の領地を持ち、強大な騎士団を抱えるラングラン公爵家ですね」

ラングラン家は建国以来、王家の盾となり矛となり、この国を守ってきた。ラングランが抱える【黒獅子騎士団《くろじしきしだん》】は強者揃いで、装備も資金も潤沢《じゅんたく》。

マーレイ城の戦いではなぜか姿を見せなかったが、今後のクローニアとの戦いに、本格的に参戦することだろう。

「現当主ドレイクは、急死した先代に代わって当主の座に就いた。どういうわけか父上の信任《しんにん》も厚い。彼が国王派である限り、事を起こすのは容易ではない」

ゼクス殿下の言葉に俺は首肯する。

黒獅子騎士団と王宮騎士団を合わせれば、国内の戦力の六割にも達する。残り全てがこちら側に付いても勝ち目の薄い戦いだ。

それに俺としても、彼には失脚《しっきゃく》してもらわねばならない理由がある。

「そういえば、レヴィン殿はドレイクと一度、顔を合わせる機会があったとか」

「いえ、二度……ですね」

ドレイクと最初に会ったのは、あの金鉱山を破壊した日だ。

あの日、エリスとアリアをそれぞれの国から解放するために俺は戦場を訪れた。

しかしアリアには、忠義の短剣を捧げたドルカスに逆らえないという《神聖騎士《セイクリッドナイト》》の代償があった。そのせいで彼女は、次はドレイクの婚約者になることを強いられている。

ドレイクの傍らに立つアリアの暗い表情を思い出す。

殿下を王位に就かせるだけでなく、俺はあの短剣を奪って、今度こそアリアを解放しなければならないのだ。

第五章

ゼクス殿下と今後の方針を確認しあってから、三日が経った。

その日も、俺とゼクス殿下はリントヴルムの背中にいた。

「レヴィン殿。いよいよ、エルウィン騎士としての初陣《ういじん》か」

「はい。遊撃《ゆうげき》騎士として、敵地を攻撃せよとの命令がありました」

かつて《聖獣使い《ホーリーテイマー》》を放逐してしまったことへの反省か、ドルカスは頼めば大抵のことには融通《ゆうずう》を利かせてくれた。騎士団の指揮系統とは別に、単独で行動をしたいと申し出たら、彼は二つ返事で許可した。

そういった俺への優遇が、さらに周囲の貴族の反感を買う原因なのだが……後々打倒ドルカスのためにそうした貴族の力を借りることを考えれば、むしろ好都合というものだ。

「どんな作戦で行くつもりだ？」

「味方の損耗《そんもう》は最低限に抑えます。国王たちの兵力に対抗するためにも、残る味方は多い方がいいでしょう？」

「もちろんその通りだが、そんなことが可能なのか？」

俺はリントヴルムに合図を送った。

「承知いたしました」

この背中のどこにいても俺の声が聞こえるらしく、リントヴルムは丁寧に答えると、地上に向かって強烈な熱線を吐いた。

「っ……レ、レヴィン殿、一体何を？」

「ご覧になりますか？」

俺はエルフィに頼んで、殿下を連れて地上へ向かった。

「こ、これは……」

そこは金鉱山のあったマーレイ城からさらにクローニア側へ進んだところにある、トゥバーン城だ。

城を避けるように放たれた熱線は、その周囲を綺麗に抉《えぐ》り取っていた。

聖地クレスに向かうためには、この城を落とす必要があった。

「凄まじい威力だな。この威力では、まともな戦いにはならないだろう」

城から慌てたように敵兵たちが逃げ出す。リントヴルムが相手ではどうにもならないだろう。これで、味方に一切の損害を出さずに敵地を占拠《せんきょ》できる。

「直撃を避け、クローニア軍に逃げる暇を与えたか」

「ドルカスはともかく、我々の目的は戦争ではありません。この戦いでクローニアに大きな被害を与えてしまえば、殿下が王位に就かれた時に不和を残すことになりますから」

「そこまで配慮してくれていたのか。感謝する」

加えて、クローニアはエリスの生まれ故郷でもある。

国を出たとはいえ、祖国が蹂躙《じゅうりん》される様は見せたくはない。

「じきに騎士団が到着して城を制圧します。これで国王の私への信頼は揺るぎないものになるでしょう。計画の第一歩としてはまずまずな出だしかと」

「まずまずどころか十分すぎる。あまりにもあっさりと終わってしまったので実感が湧かないが、レヴィン殿の戦果は凄まじいものだ」

一方で俺は危惧《きぐ》してもいた。

大陸竜リントヴルムのおかげで、今回は上手くいった。しかし、相手側にS級天職持ちがいたらどうなるだろうか。

アリアとエリスが戦った時、二人の戦いの余波で天地が震えた。

S級天職持ちは、人間の枠を超えた強者たちだ。それほどの力を持った相手なら、リントヴルムと渡り合えるかもしれない。

そして、思いの外《ほか》すぐに、俺の不安は現実のものとなった。

◆　◆　◆

俺の初陣から数日後。

俺は地上に設営されたエルウィン軍のベースキャンプにいた。

「フハハハ、レヴィンよ。貴様の活躍で我が軍は順調だ。このままの勢いなら、目標のクレスも容易に奪還できようぞ」

戦勝続きで気分をよくした国王ドルカスは、わざわざ前線まで押し掛けていた。

とはいえ、快勝はここまでだ。これからは時間を浪費《ろうひ》し戦闘を停滞させ、エルウィン国内でクーデターを起こす機を窺う。

ところが、国王が恐ろしいことを言い出した。

「今後はワシ自ら指揮を執るとしよう。聖地クレスの奪還は目前だ。ここからは慎重に慎重を重ねなければ」

「へ、陛下自ら指揮を執られるのですか？」

「無論だ。ワシはこの国の君主だ。自ら進んで前線に立つことで、兵たちを鼓舞することにもなるだろう」

正気なのかと頭を抱えたくなる。

ドルカスは武芸は人並み、戦の経験はほとんどなく、臣下の命を命とも思わない男だ。そんな者に戦場をかき乱されるなど、ただただ不安だ。

「何、案ずるな。こちらには貴様の神竜がいる。ワシが鮮やかな勝利を飾ってやろう」

「……承知いたしました」

やる気に溢れたドルカスを止める術はない。仕方なく、俺は彼の言葉に頷く。

しかし、その選択は大きな間違いであった。


「不遜《ふそん》なる侵略者共め、この地から早々に立ち去るがいい」

ドルカスが喜び勇んで兵たちを引き連れた先に、一人の青年騎士が転移してきた。

夕陽に照らされた金色の髪が美しく輝き、色白の肌は一切の濁りがない。目元が仮面で覆われているため顔立ちは窺えないが、悠然《ゆうぜん》と佇む姿は神秘的で畏怖すら抱かせる。

だが、今はそんな感想を抱いている場合ではない。

ただ立っているだけなのに、まるで心臓を鷲掴《わしづか》みにされているかのようなプレッシャーを感じた。

直後、青年は両手に握った二振りの大剣を構える。

「まずい！　早くあの男から離――」

凄まじい殺気《さっき》を感じ、思わず俺は警告した。

その瞬間、神々しいほどに眩《まばゆ》い巨大な光の刃が眼前に迫った。

大きな爆発音が響いたかと思うと、あたり一帯に巨大な光の柱のような衝撃波が立ち上る。

「ゴホッゴホッ……!?」

やがて光が収まり、たくさんの兵たちに守られたドルカスが呆然とした表情を浮かべた。

先ほどまで共に進軍していた兵のほとんどが今の一撃で薙ぎ払われ、戦闘不能状態に陥っていた。

「い、一体何が起こったのだ⁉」

ドルカスがあたりを見回す。

俺も正確な状況は把握できていない。唯一分かるのは、目の前の仮面の青年が大剣を構えた次の瞬間には、こちらの戦力がほぼ壊滅していたことだけだ。

間違いない。彼はクローニア側のＳ級天職持ちだ。

「陛下、対策もなく彼と戦うのは危険です。ここは一度撤退して態勢を――」

「始末しろ……！」

俺の進言を遮り、ドルカスが声を震わせながら命じた。

「貴様の竜に命じてあの男を始末しろ。あの巨大な神竜であれば可能であろう！」

激昂したように叫ぶ。仕方なく、俺はリントヴルムに威嚇攻撃を頼む。

これまでも敵地をあっという間に消し飛ばすほどの凄まじい威力を誇っていた。それを人がまともに喰らえば一溜まりもないだろう。

「無駄だ」

しかし、リントヴルムのブレスは、剣の一振りであっさりかき消された。そして、騎士は上空のリントヴルムを睨みつけると剣を天に掲げ、光の奔流《ほんりゅう》をまとわせていく。

光は徐々に天へと伸びていき、巨大な剣となる。まともに喰らえばただでは済まないだろう。

「リントヴルム、逃げてくれ！」

俺の指示よりわずかに早く、リントヴルムが回避行動を取った。そのおかげで、騎士の放った光の刃が当たることはなかった。

「陛下、どうやら神竜でも対抗するのは難しいようです。ここで強引に戦えば全滅もありえます」

「黙れ！　聖地がすぐ目の前にあるんだぞ!?　ワシが出た戦場で敗走など、そんな馬鹿な話があるか！」

無謀な戦いに突入する方がよほど馬鹿な話なのだが、ドルカスは頑なに撤退の指示を出さない。

そうして揉めているうちに、仮面の騎士がこちらへと矛先を向けた。二撃目を受ければ騎士団は全滅しかねない。

しかし、依然として撤退の指示はない。

「ママ……！」

俺たちを守るため【竜化】したエルフィが前に出ようとする。だが、あの威力では彼女の強靭《きょうじん》な肉体でも無事では済まないだろう。

思わず俺はエルフィを背後にかばった。

仮面の青年の放った斬撃が俺たちを呑み込もうとした瞬間、一人の騎士が割って入った。

「させない！」

躍り出た少女は大盾で光の刃を受け止めると、それを思い切り弾き返す。

「なんだと……!?」

騎士の反応が遅れ、少女がはね返した刃が彼の横を掠《かす》めた。

まさか反撃されるとは思っていなかったのか、その表情は驚きに満ちていた。

「レヴィン、神竜の子も怪我はない？」

「ああ。助けてくれてありがとう、アリア」

俺たちを守ったのはアリアであった。

ここしばらく言葉を交わす機会がなかった彼女は、安堵の表情を浮かべて立っていた。

小柄なアリアだが、俺たちを守るその背中はこのうえなく頼もしい。

「ここは私が抑えるから、兵の撤退を助けてあげて。時間を稼げば、レヴィンならどうにかしてくれる……よね？」

アリアは、俺が国王を説得し、この状況を打破すると心から信じているようだ。ならば、応えないわけにはいかない。

「任せてくれ。だから、アリアも無茶はするなよ！」

「うん、大丈夫」

直後、アリアは駆け出して、騎士に斬りかかった。

二人の得物がぶつかる度に天地が震える。アリアとエリスが戦った時もそうだが、こうなれば周囲の人間が介入するのは難しい。

「よ、よし。今がチャンスだ。こちらの戦力を全て投入してやつを仕留めろ！　ワシは一度退き俯瞰して、適宜《てきぎ》指揮を執ろう。さあ、馬車を用意しろ！」

しかし、この期に及《およ》んでドルカスはまだ状況が読めていなかった。

負傷した兵たちを無理矢理進軍させようとし、当の自分はそんな彼らを囮《おとり》に逃げ出そうとしていたのだ。本当にどうしようもない男だ。

「お待ちください。私がワイバーンに指示を出しますから、速やかに兵士へ撤退の号令を！」

兵たちを無意味に死なせるわけにはいかない。俺はドルカスを必死に止めた。

「ええい。貴様もさっさと戦わんか！　まだ神竜を出し渋っているだろう。他の獣も出せ。グリフォンにワイバーン、まだまだ戦力はいるのだ。命を賭《と》して、あの騎士を撃破せよ！　それが隷獣の役目だろう！」

「貴様っ……！」

俺はドルカスの胸ぐらを掴んだ。

今、この男は俺の仲間たちを侮辱し、彼らの命をも軽視した。そのことに怒りが湧いてくる。やはりこの男の性根は腐ったままだ。

「やれやれ……少し眠っていろ」

「ぶへっ……」

そんな俺に、どういうわけかドレイクが助け舟を出した。乱暴にドルカスのみぞおちを殴りつけ、あっさりと気絶させてしまう。

「こんな間抜けに従って、命を散らせるか。撤退だ、撤退。全軍、この場から退け！」

ドレイクの合図をきっかけに兵たちが後退する。幸い、敵は騎士一人。アリアが抑えている間は、追撃の心配はない。

「ヴァン、ワイバーンたちに頼んで、みんなを運ぶのを手伝ってくれ。負傷者が優先だ」

「うん、分かったよ」

俺はヴァンに頼んで、エルウィン兵の撤退をサポートする。

「エルフィ、俺たちでアリアの撤退を助けたい。協力してくれ」

仮面の青年との戦いは、アリアが押されていた。どうやら力も技術も、仮面の騎士の方が数段上のようだ。

このままでは彼女が危ない。

俺の頼みで【竜化】したエルフィが参戦し、なんとか騎士に隙を作ろうとする。

しかし驚いたことに、騎士は片手でアリアの攻撃を受けながら、もう片方の剣でエルフィの相手をし始めた。

エルフィの爪の一撃を左の剣で弾くと、アクロバティックな軌道でアリアの追撃をかわし、宙を舞うエルフィのブレスを右の剣で斬り裂くなど、洗練された動きで二人の攻撃を捌いていく。

「フハハハ。よもや、私と同じS級天職持ちと戦えるとはな。それにこの竜……神竜だな？　すでに滅び去ったものと思ったが、こうして相見《あいまみ》えるとは僥倖《ぎょうこう》だ！」

笑みさえ浮かべながら、仮面の男が剣を振る。二振りの大剣を振るう様はまるで嵐のようだ。

「くっ、強すぎる……！　ひょっとしたらあの《暗黒騎士《ダークナイト》》よりも……」

大盾でエルフィを守りながら、アリアが呟いた。

強力な天職を持っているとはいえ、彼女は個人での戦闘経験が少ない。エルフィもまだ幼く、武術の達人と戦うのは初めてだろう。その差が顕著《けんちょ》に現れていた。

「それならルーイたちを喚んで……！」

俺にできるのは戦力を集めることだけだ。あの男に対抗できるかは分からないが、二人を死なせたくない。

こんな時、自分の力のなさに悔しくなる。剣術の心得はあるが、S級相手では足手まといにしかならない。

「レヴィンさん！　ここは私に任せてください！」

みんなを喚び寄せようとした瞬間、ワイバーンから飛び降りた少女が仮面の男を斬り裂いた。

「ッ……！　その大剣……そうか、国を出たとは聞いていたが……」

新たに加勢したのは黒鎧を纏い、兜で顔を隠したエリスであった。傍らにはバイコーンのエーデルもいる。

祖国に刃を向けさせるわけにはいかないと、待機してもらっていたのだが、どうやら救援に来てくれたようだ。

エリスは巧みに大剣を操り、エーデルと連携しながら、仮面の男を二人から引き剥がした。

「あ、あなたは《暗黒騎士《ダークナイト》》？」

「お待たせしました。私もお手伝いしますから、必ず生き残りましょう」

「え、あ、でも……どういう……」

クローニアの騎士であるはずのエリスが自分たちに加勢する状況が呑み込めないのか、アリアが動揺していた。

「とにかく、ここは協力して撤退しましょう、アリアさん」

一方のエリスは、過去の因縁《いんねん》を気にするそぶりもなく、仮面の男をキッと見据えた。

「……分が悪い。ここは退くこととしよう」

仮面の男が顔を押さえながら言った。

どうやら今の一撃で仮面にヒビが入ったようだ。

正直、彼の実力であればエリスがいても厳しい戦いになると思ったが、慎重な性格のようだ。

ともかく、これで撤退できる。

俺たちはワイバーンを喚んで一度態勢を立て直すことにした。


「ふざけるな！　誰が撤退しろと言った⁉」

作戦室にドルカスの怒号が響き渡った。無様な敗北を喫したことで、王はたいそうお怒りだ。

仮面の騎士の襲撃によって戦力の大多数が壊滅状態となったあと、俺たちは聖地クレスから離れた砦まで撤退して、今後の策を練るために作戦会議を開いていた。

しかし、ドルカスは俺たちを責めるのみで、建設的な議論はまったく行われていない。

「そうはおっしゃいますが、あれはクローニアの英雄、レグルスですからねえ」

そんなドルカスを、ドレイクが宥めようとした。

「誰だそいつは。敵国の人間なぞ知らん」

「……レグルス・グレンヴィル。クローニアの英雄と称される人物で、一振り持つだけでも尋常ではない技術と精神力を要する聖剣を、二振りも持つ騎士です」

一瞬、呆れたような表情を浮かべつつも、ドレイクがレグルスについて解説する。

「レグルスの天職の名は《剣皇《けんおう》》。S級天職の中でも屈指の戦闘力を誇り、彼が出た戦場でクローニアが敗北したことは一度もないとか。こちらは戦力の大半がやられましたし、無策で挑むのはおすすめできませんねえ」

「どうせクローニアの作り話だ。S級天職ならこちらにも二人いる。今度こそやつを仕留め――」

「上手くはいきませんよ。こちらのS級は戦いの経験が少ないお子様。勝ち目は薄いでしょうな」

カチンと来る言い方だが、確かにドレイクの言う通りだ。しかも先ほどの戦いで彼の攻撃を喰らった兵たちは負傷でまともに戦えない状態だ。

逃げ出したドルカスと、撤退を指揮していたドレイクは、まだ三人目のS級天職《暗黒騎士《ダークナイト》》がこちらにいることを知らない。

しかし、エルフィ、アリア、エリスの三人掛かりでも、あの男は余裕を残していた。

やはり策を考える必要があるだろう。

「ドレイクよ。此度の敗戦の責は貴様にもある。例の件で、貴様には何かと便宜を図っている。必ずや打開策を打ち出すのだぞ」

「……ええ、もちろん。必ずやご満足いただける結果を提示いたしましょう」

ドレイクは恭しく頭を下げるとその場を去っていった。

一見すると主に忠実な臣下だ。しかし、俺はその姿に違和感を抱く。

この男、どこか底知れない雰囲気を漂わせている。

なぜ、無能な王に付き従うのか、アリアを強引に婚約者にしたのか、そこには俺がまだ知らない目的があるように思えてならない。

「さて、レヴィンよ。貴様はどうするつもりだ？」

ドレイクの挙動を警戒していると、ドルカスが尋ねてきた。

「今回の敗北は、貴様が神竜を出し惜しんだ結果だ。寛容なワシでも、我慢の限界はあるからな」

ドルカスが恥ずかしげもなく言ってのけた。

レグルスを前にして、ドルカスは完全に冷静さを失い、無謀な突撃を命令する始末だった。

エリスが駆けつけていなければ、アリアかエルフィを失っていたかもしれない。

「とにかく、貴様もボーッとしていないで策の一つや二つ捻り出しておけ！　次の出撃では確実にあのふざけた仮面男を始末せよ！」

一方的に言い放つと、ドルカスはその場を去っていった。

ドルカスの気配が消えるのを待って、俺はため息をついた。

「さて、どうしたものか」

ドルカスはともかく、俺の目的はこの戦争で勝つことじゃない。

あくまでも、国民のドルカスへの不満を煽り、ゼクス殿下によるクーデターを成功させることだ。

俺たちが戦場に出ている間、殿下は秘密裏に、国王に不満を抱く貴族を中心に協力者を増やしている。

今回の仮面の騎士の攻撃で、我が軍は大きな痛手を負った。そもそもが大義名分のない戦争だ。この戦場で時間を浪費すれば、国民たちの不満はいっそう溜まるはず。

「だが、エルウィン軍の犠牲が問題か」

仮面の騎士レグルスの戦闘力は桁外れだ。英雄と呼ばれるだけあり、S級天職とそれに匹敵する力を持つ神竜相手に優位に立ち回ってみせた。

このまま次の戦端が開かれれば、俺たちはさらに戦力を失うことになるだろう。国王に反逆する前に、無意味に兵たちの命が散らされる。

そうなれば、殿下の努力も無駄に終わってしまう。

「やはり、レグルスをどうにかしないとな」

俺は新たな脅威を抑えるために、ある行動に出ることにした。

◆　◆　◆

翌日。

俺はレグルスの情報を探るため、聖地クレスにやってきた。と言っても、風光明媚な普通の観光地であり、大聖堂はあるが特別神聖な雰囲気はない。

空を自由に飛ぶリントヴルムの力を借りれば、敵地へ潜入することなど造作もない。

ただ、今の俺には気になることがあった。

俺は隣に立つ二人をそっと見る。

「私たちはママの護衛。敵地に潜入するなら、当然」

「エルフィは分かるが……」

問題はもう一人の護衛だ。俺の視線の先にはエリスが立っていた。

「この町には何度か訪れていますからね。案内は任せてください」

「いやいや、エリスはクローニアの騎士だったわけだし、ここにいたらまずいだろう」

俺たちがクレスに潜入するという話を聞きつけて、エリスは強引に護衛として同行してきたのだ。

「戦場では兜をかぶっていましたし、変装しているので大丈夫ですよ。今はほとんどの兵が前線にいるでしょうし、レグルス様と素顔で会ったこともありません。レヴィンさんに万が一のことがあったらと思うと、いても立ってもいられないんです……どうか側で守らせてください」

そんなに心配されると、俺としては反論しづらい。

「そうそう、ママ。護衛が多い方が断然お得。ここはエリスを連れていこう」

エルフィはエリスに賛成のようだ。

これで二対一。多数決では俺が敗北だ。

「分かった。クレスには詳しくないし、エリスにいろいろと案内してもらうよ」

「はい、お任せください」

そんなこんなで、俺たちのクレス潜入調査が始まった。

「さて、それでまずはどこに行きますか？　おすすめは大聖堂ですね。クローニア一の大きさで、美しいステンドグラスと、見上げるほどに大きな尖塔《せんとう》が特徴ですよ」

「いや、観光に来たわけじゃないから。レグルスの弱点を探らないと」

あくまでも目的はレグルスの調査だ。

戦況を停滞させ、クーデターの隙を窺いたい俺とゼクス殿下だが、それまでにレグルスによってエルウィン軍が壊滅させられてしまったら意味がないのだ。

「うーん、それなら避難民を装って潜入しましょうか」

「避難民？」

「これまでのエルウィンの侵攻で、いくつかの町が占領されています。当然、そういった町に住んでいる人は難を逃れようと町を出ます。そうしてクレスに流れ着いた……という体《てい》でいきましょう」

「……すまん」

思わず謝罪の言葉が口をついて出た。

「ん？　どうしたんですか？」

「俺がしてることは、エリスにとって気分のいいものじゃないだろう」

なんてことないように話しているが、祖国が隣国に占領されている現状は、エリスにとって受け入れ難いものだろう。俺自身は侵略目的で戦っているわけではないとはいえ、だ。

「確かに……クローニアがこうして戦乱に巻き込まれて何も思わないと言えば嘘になります。だけど、レヴィンさんにも考えがあるんですよね？　これまでの戦いもクローニア側に犠牲者が出ないように戦っていたようですし。最終的には、馬鹿げた戦いを終わらせてくれるって信じてます。だって、レヴィンさんは地獄のような環境にいた私を助けてくれましたから」

エリスからの強い信頼を感じてくすぐったいような気分になる。

「ああ。あの馬鹿な王様を、一刻も早くなんとかしてみせるよ」

俺たちは早速、人の集まる賑やかな繁華街《はんかがい》を回ることにした。民衆に交じり、レグルスの情報を探る作戦だ。

俺たちは目についたパン屋さんに入る。

今の俺たちは戦地から逃げ出してきた夫婦とその妹……という設定だ。

「へぇ～。随分と細長いパンだな」

「バゲットですね。クローニアの国民食で、とってもカリカリしてるんですよ」

エリスの説明を聞いて気になった俺は、試しに一本買って味わってみる。

「強烈な硬さだな。だけど中はしっとりしてて、ほんのりとした塩加減が絶妙だ」

表面は口の中が傷つきそうな硬さだが、パリパリした皮と生地の柔らかな食感がクセになりそうだ。

「バターでも塗《ぬ》ったらきっと美味しいんだろうなあ」

「ありますよ」

俺がぼやいていると、エリスがバッグからバターを取り出した。

包み紙の中のバターをナイフで切り分けると、俺が持つバゲットをちぎって塗っていく。

「マイバター……だと？」

「クローニア人はパンが大好きですから珍しくないですよ。はい、あーん」

笑顔でそう言ったエリスが、バゲットの欠片を俺の口元に差し出してきた。

「そこまではしなくていいだろ……」

「今の私たちの設定、忘れたらダメですよ」

エリスがそっと耳打ちをしてくる。確かに、ここで怪しまれるわけにはいかない。

「あ、あーん」

意を決して俺はパンを食べさせてもらった。

間近に迫るエリスの笑顔があまりにも綺麗で、顔が赤くなる。

「私も、私も」

そんな様子を見てエルフィがバゲットをねだった。

エリスはもう一切れバターを塗ると、エルフィに食べさせる。

「これは美味！　もっと食べたい……!!」

隣国の珍しいパンに舌鼓を打ちながら、俺たちはお土産を買っていく。

「フフ、仲のいいことだねえ。お二人は新婚さんかい？」

パン屋を切り盛りしているおばさんが尋ねてきた。

「ええ、そうなんです。ちょうどトゥバーンから逃げてきたところで」

自然にエリスが腕を絡めると、俺の肩に頭を預けてきた。

突然の出来事に俺は胸がドキリとする。

いくら設定だからって、エリスは大胆すぎないか？

「トゥバーンから……それは大変だったろうねえ」

「そんなことありませんよ。愛する人と一緒ならどんな場所でも天国ですから」

エリスはさらに身体を密着させて、俺に抱きついてきた。

照れくさくて俺の頭はパンクしそうだ。いくらなんでも、ここまでやらなくても。

そんな俺たちの様子を、おばさんが微笑ましそうに眺める。

「お熱いねえ。あたしも昔は主人と……でも、今は戦場に行っちまって連絡もないんだよ」

「ご主人は兵士さんなんですか？」

「ああ。戦争なんてなければ、この町で気楽なお勤めだったんだけどねえ」

それは気の毒に……もとはと言えばあのドルカスの思いつきで始まった侵攻だが、戦線を押し上げてしまったのは俺の責任だ。やはり、早いところこの戦いを終結させよう。

「ま、でも安心しなよ。この国にはレグルス様がいらっしゃるからね。敵は竜を引き連れてるって噂だけど、あの方ならすぐに追い払えるさ」

おばさんの口から目的の人物の名前が出た。

俺も二人の会話に交ざる。

「レグルス様……今までどんな戦場に出ても負けたことがないって噂を聞きますね」

「そうなのよ。今までも隣国との小競り合いはあったけど、レグルス様が二振りの聖剣で鎮圧してきたのさ」

「そんなに強い武器なんですか？」

「あんた、知らないのかい？　英雄シグルドが使っていた伝説の剣さ。レグルス様は大冒険の末にその二振りを発掘して、愛剣にした。あれを手にしたレグルス様に弱点なんてないよ」

天職が最上級なだけでなく、そんな業物《わざもの》まで持っているなんて、ますます攻略方法が分からない。

一体どうすればいいのか。

俺の様子を見ておばさんが首を傾げる。

「しかし、あんたも不勉強だね。レグルス様の武勇伝なんて子どもでも知ってるのに。本当にクローニア人かい？」

「そ、それは……」

まずい、疑われている。まだ何も役立ちそうな情報を得ていないというのに。

言葉に詰まった俺をエリスがフォローする。

「すみません。夫は田舎の出身で、そういったことに疎《うと》いんです」

「そうなのかい？　ならちょうどいい。この時間、レグルス様は酒場にいらっしゃるはずだからね。せめてその姿を目に焼きつけておくといいさね」

酒場にレグルスが？

彼の情報を集める予定だったが、本人に会えるならば、それはまたとないチャンスだ。

俺たちはおばさんに礼を告げると酒場へ向かった。


「た、高いな……」

酒場を訪れてメニュー表を見た俺は、料理の値段に衝撃を受けた。

メニュー表には料理のイラストと名称、金額が記載されていた。値段の記載は二重線で消され、金額が変更されているのだが、どの料理も元の値段の二倍から三倍の額になっているのだ。

「特に酒が凄いことになってるな。シャトー・トゥバーン……げっ、一杯で金貨一枚もするのか」

ボトルだと金貨二十枚は超える。こんなの庶民ではとても手が出せないだろう。

「ふむふむ、どうしてなの？」

エルフィが横からメニューを覗いてきたので、俺は説明する。

「戦争のせいだろうな。大抵こういう時は流通に影響が出て、物価が釣り上がる」

「ちなみに、今エルウィンの占領下にあるのは醸造《じょうぞう》業が盛んな地域で、酒類の生産量はクローニア随一ですね」

そうエリスに補足されてしまえば俺に文句を言う資格はない。

あまり手持ちの金は多くないが、甘んじて受け入れよう。

「私はお肉が食べたいけど、お魚にした方がいい？」

心配した様子でエルフィが尋ねてくる。俺の懐事情を気遣っているのだ。

なんていい子なんだろう。

「気にするな。食べ盛りなんだから好きなだけ頼んでいいぞ」

俺が言うと、エルフィが遠慮がちにメニューをなぞり始めた。

彼女はまだ現代の文字をあまり読めないそうだが、イラストを見て雰囲気で決めているみたいだ。

ちなみにエルフィは、かなりの大食らいだ。今回はいつもより量は少ないものの、偶然なのかやたら高いメニューばかり選ばれている気がする……

「おお……！　レグルス様だ。レグルス様がお見えになったぞ」

俺たちが注文を終えた時、入口の方でドッと歓声が上がった。どうやら目当ての人物がやってきたようだ。

顔にはキザな仮面を着け、背中に特徴的な二振りの聖剣を背負った騎士……間違いなくレグルスだ。

レグルスが微笑んで酒場の客に告げる。

「みんな、楽にしてくれていい」

特別席なのか、レグルスは酒場の奥に置かれたひときわ豪華なソファに腰を掛けた。

「どうぞ。こちら、シャトー・トゥバーンです」

突然、俺たちのテーブルに店員がやってきたかと思うと、グラスにワインが注がれた。

「待ってください。頼んだ覚えはないです」

注文ミスだろうか。俺は店員に説明してグラスを下げてもらおうとした。しかし、店員は他のテーブルへ向かい、他の客にもワインを提供していく。

「どういうことだ？」

一杯金貨一枚もする高級酒をみんなが味わっている。裕福な人たちが集まっているのだろうか？

答えはすぐに明らかになった。

ワインがいき渡ったのを確認したレグルスが聖剣を置き、立ち上がって口を開く。

「卑劣なエルウィンの侵攻によってトゥバーンは落とされた！　君たちの中には、敵が竜を連れているという噂を聞いた者もいるだろう。結論から言おう。それは事実だ」

客たちがざわつき始める。俺たちの噂はやっぱり広がっているようだ。

「だが、安心してほしい。実際に相対して分かった。所詮、私の敵ではない。この英雄の聖剣がある限り、我々に敗北はありえないのだ！　フハハハハ！」

「……あの人嫌い」

レグルスの演説を聞いて、エルフィがむっとしていた。

確かにレグルスの力は圧倒的であったし、ああして豪語《ごうご》するだけのことはある。

とはいえ、戦った者としては悔しいのだろう。

実際、俺もああして言い切られると、何もできなかった悔しさが胸に渦巻く。

「トゥバーン城での戦いでは、我が国は撤退せざるを得なかった。しかし、それは私がいなかったからだ。ここからは私が彼らの相手だ。たとえ神竜の加護を得ていようと、二度とこの地に足を踏み入れられぬよう、完膚《かんぷ》なきまでに叩き潰す。苦しい生活も、もう少しの辛抱だ」

大仰な動きと力強い演説でみんなが鼓舞されている。こうして見ていると大したものだ。

実力だけでなく、民たちを惹きつけるカリスマ性を持ち合わせている。

改めて俺たちが対峙する敵の強さを痛感した。

「さて、今宵《こよい》の美酒《びしゅ》と肴《さかな》は私からの心ばかりの贈り物だ。値段のことは気にしなくていい。心ゆくまで楽しんでくれ」

そう言うやいなや、酒場がどっと湧いた。みんな、口々にレグルスの名を称えている。

「すでに戦勝ムードって感じだな」

俺は運ばれてきた料理を口にしながら、小さく呟いた。

この場の誰一人としてレグルスの勝利を疑っていなかった。もちろん、レグルス自身ですら。

戦場での彼を目にすれば、それは当然のことに思える。

「フッ、そこの君たちは見かけない顔だね」

驚いたことに、レグルスが俺たちのテーブルへやってきた。

「え、ええ。トゥバーンから避難して、今日この町に着いたばかりなんです……」

あの戦いの場には俺もいた。とはいえ、今は軽く変装しているから問題ないはず。

「そうだったか。それは大変だったね。今日は心ゆくまで楽しんでくれ。この酒場は私の実家なんだ。手前味噌《てまえみそ》だが味には自信がある」

実家……キザでいかにも騎士といった雰囲気だが、平民の出だったのか。少々意外だ。

「妹さんは随分と食べざかりなのだな。うむ、子どもはそれぐらいがいい。とっておきのメニューを教えておこう。折角だから、君たちも食べてくれ」

どうやら俺たちの正体はバレていないようだ。レグルスは店員を呼んである品を持ってこさせた。

「こ、これは……！」

ゴトリとテーブルに置かれた品を見て、エルフィが目を輝かせた。

「フッ、凄いだろう。今開発中の新商品だ」

それは、幅の広いグラスに色とりどりの焼き菓子と氷菓、果物が積まれ、たっぷりの生クリームとチョコソースで彩《いろど》られた豪華なデザートだった。

「パルフェ、異国の言葉で『完璧』を意味する一品だ。子どもや女性向けのメニューを充実させるため研究しているのだが、ぜひ味わってほしい。フハハハハハ」

レグルスが高笑いした。

「パルフェ……甘美な響き。お兄様、この人、とてもいい人」

「ハハ、そうだろう、そうだろう」

さっきまでの敵意はどこへやら……すっかりエルフィが餌付けされてしまった。

いい人と言われて、レグルスもすっかり気分をよくしている。なんだか思っていたより陽気な人物だ。

「パ、パルフェ……とても美味しそうです……」

一方のエリスも目の前の豪華なデザートに惹かれていた。

そんな様子を見て、一料理好きとして少し複雑な気分だ。こんなデザート、思いつきもしなかった。発想に脱帽《だつぼう》すると共に、悔しさも抱く。

「む……おかわりだ」

なので俺はあっという間に自分の分のパルフェを平らげると次を頼んだ。

こんな形状のデザートは初めてだが、自分でも作れそうだ。調理法をマスターするまで、せいぜいご馳走になろう。

「フハハハハ、パルフェ一丁！　ついでに私のワインもおかわりだ」

レグルスも盛り上がってきたのかどんどんと酒を注文していく。そうして、俺たちは楽しい時間を過ごした。

その後、俺たちは酒場近くの宿に部屋を取り、一晩を過ごすことになった。

「うーん、とても美味しかったですね。クレスにこんな美味しいお店があったなんて！　しかも、レグルス様のご実家だったんですね」

「あのパルフェ、とても美味しかった。ママ、うちでも作ってほしい」

「まずい……」

酒場を満喫した二人の様子を見て、俺は焦りを抱いた。

「そ、そうですか？　私はとても美味しかったと思うんですけど」

「いや、そうじゃない、エリス。結局、レグルスの弱点を聞き損ねた……」

「「あ……」」

そう、三人とも目的を忘れていたのだ。

この町に来た目的は、レグルスの弱点を探り、対抗手段を得るためだ。だというのにレグルスと一緒に盛り上がってしまった。

エルフィが呟く。

「むむ、そう言えばそんな話だった」

「仕方ない。明日も酒場に寄ってみよう」

あまり悠長《ゆうちょう》にしていられないが、ここまで来て手ぶらで帰るわけにはいかない。俺たちは明日こそレグルスから話を聞き出すと決めて床に就いた。

当然、寝る時はエリスとエルフィが同室で、俺は別の部屋だ。

◆　◆　◆

その日の深夜。

「起きてください、レヴィンさん！　起きてください!!」

エリスの声で俺は起こされた。こんな真夜中に一体、どうしたというのか。

「こ、ここで一晩寝かせてください！」

「え……？」

「お、お願いじまずぅうううううう〜〜」

俺にがっしりと抱きつきながらエリスが懇願した。

どうやら酷く怯えているようだ。

「やっぱり、ママの部屋に来てた。エリスはよっぽど幽霊が怖いみたい」

いつの間にかエルフィまで俺の部屋に来ている。

「ゆ、幽霊？」

「きゃあああああああ！　言わないで！　言わないでください!!」

相変わらずエリスは俺にしがみついて叫んでいる。相当、怖い思いをしたのだろう。まさか幽霊が苦手とは思わなかった。

「こんな真夜中だけど、私たちの部屋に誰かがすすり泣く声が響いている。きっと、この宿で無惨に殺された宿泊客の――」

「うわあああああああああ！　ダメです。違います、違います！」

「ぐおおおっ!?」

エリスが俺を締めつける力が強くなった。

綺麗な子に抱きつかれた嬉しさよりも、苦しさが勝る。

「と、とにかくっ……そういうことなら、俺が……様子を見て……くるよ……」

「い、いやです！　置いていかないでください……」

エリスは涙目で必死に懇願してくる。こんな状態の彼女を振り払うのはためらわれた。

「……分かった。エリスが落ち着くまでここにいるから」

俺はエリスを安心させようと背中をさする。

「……すぅ」

やがて、エリスが眠りに就いた。

俺はベッドに寝かせた彼女をエルフィに任せると、二人が泊まっていた部屋へと向かった。


「……うぅ、うぅ、うぅぅぅぅぅ。どこだい？　どこにいるんだい……？」


「あー、本当に聞こえるな……」

確かに何者かの泣き声が聞こえてきた。

稀《まれ》に死者の無念が霊的な魔獣に変化することはあるが、こんな町中で起こるとは考えづらい。

「本当に魔獣だったら駆除しないといけないが、ともかく声のもとを探るか」

戦闘になるようならルーイたちを喚べばいい。

俺は早速、声のする方へ向かった。

泣き声を辿り、俺は外に出る。

「ここはさっきの酒場の裏側か」

なるほど。宿の位置的に、俺の部屋までは声が届かない場所だ。

「しかし、一体誰が泣いているんだ？」

俺は声の主を一目見ようと先へと進んだ。

「……君はどこに行ってしまったんだ？　心細いよぉおおお！」

そこにいたのは、憔悴《しょうすい》しきった表情を浮かべた、金髪の騎士であった。

「……ン、どうして……」

樹に向かってすすり泣く幽霊――もとい金髪の騎士のもとへゆっくりと歩いていく。

真夜中にこんな人気《ひとけ》のないところで泣きはらしている人物など不審なことこの上ない。とはいえ、放っておけばエリスは一晩中、恐怖に苛《さいな》まれることになる。

「ひっ……だ、誰……!?」

俺の気配に気付いたのか、怯えたように騎士が叫んだ。

ぶるぶると肩を震わせており、武を尊ぶ者とは思えない小心者っぷりだ。

俺は騎士に声をかける。

「すみません、別に驚かせるつもりはなくて……ただ、あなたの泣き声が宿に響いていて、少し困っていたんです」

「ご、ごめんなさい、ごめんなさい……まさか、そんなところにまで声が聞こえていたなんて……」

間近で見ると騎士はかなりの美形だった。まるで神の作り出した芸術品のような顔の造形で、俺と同じ人間とは思えないほどだ。

「ああ……母さんに迷惑を掛けないように外で泣いてたのに、そのせいで別の人に迷惑を掛けるなんて……僕はなんてダメな人間なんだ」

自戒《じかい》の念からか、青年が樹の幹に頭を打ちつけ始めた。

俺は慌てて青年を止める。

「ま、待て待て待て待て！　そこまでしなくてもいいから……声を抑えてくれたら十分です」

それにしても、目の前の青年、つい最近どこかで会ったような気がする。

金髪の騎士と言ったらレグルスだが、まさかな。

レグルスの姿を思い出そうとすると、どうも記憶が曖昧になる。

「随分と悲しんでいるようですけど、何かあったんですか？」

「あ……それは……」

先ほど、青年は誰か人の名前を呼びながら慟哭《どうこく》しているようだった。

そんな人を放ってこのまま去るのはためらわれて、なんだかつい尋ねてしまった。

「もちろん、言いづらいなら無理には聞きません。なんとなく、気になってしまっただけで――」

「……なったんです」

「えっ？」

「大切な人がいなくなったんです。エルウィンとの戦いに巻き込まれてしまったみたいで……」

それは、俺にとって耳が痛くなる告白であった。

「マーレイの金鉱山が巨竜の攻撃で消えてから何日かあと、近くの村が襲撃されました。逃げ延びた人によると、みんなエルウィンの騎士団に連れ去られたらしいんです。その中に僕の幼馴染が……」

近隣の村が襲撃されていたなんて知らなかった。俺が鉱山を攻撃したことで、村が襲われる隙を生んでしまったのかもしれない。罪悪感が胸に湧く。

「うぅ……今すぐ、助けに行きたい……だけど、僕には役目があるから……うぅ……」

感情が昂《たかぶ》ったのか、金髪の騎士が再び泣き始めた。

俺の目的はクローニアの侵略ではない。その攫《さら》われたという村の人たちを、どうにか救えないだろうか。

俺は唇を噛み、呟く。

「そもそも、一体何が目的で誘拐なんてしたんだ？」

あの時の国王の目的は、金鉱山を手に入れることだったはずだ。

戦争とはいえ、市民を害すれば周辺諸国の批判を招く。ただでさえ大義名分のないこの戦いで、そのようなことをする必要があるだろうか？

もちろん、ドルカスが一般市民への攻撃のリスクをまったく考えていない可能性もなくはないが。

青年が涙を拭って俺に答える。

「目的は分かりません。分かっているのは、ドレイクという男が指揮していたことだけです」

「ドレイク、ですか？」

「はい。ドレイク・ラングラン、エルウィン王国の主力騎士団を率いる獰猛な男です。彼がなぜか村を襲って……」

まさか、ここであの男の名前を聞くとは。

ドルカスに忠誠を誓い、アリアを強引に婚約者にするなど、その考えが読めない男だが、敵国の民を誘拐するなんて、いよいよ別の目的がありそうだ。

「本当は僕、戦いなんて嫌なんです。誰かの命を奪うよりも、カリンと一緒に実家を継いで、穏やかに暮らせれば……それなのにエルウィンは攻めてくるし、カリンもカリンも……うぅ……」

青年がまた泣き始めた。

これまでの様子から、彼がおとなしい性格なのはよく分かった。人を傷つけることにも抵抗があるのだろう。きっと騎士よりも向いている仕事があるはずだ。

というか、彼が口にするカリンという名前は、前にも聞いた。確か、シーリン村を訪れ食料を補給した時に、市場に食品を卸《おろ》していた女性だ。

青年の幼馴染とは、もしや彼女のことか？

「気休めかもしれませんが、もう一度その人に会えるように祈ってます」

「ありがとうございます……お兄さん、いい人ですね」

「お兄さんって……見た感じ俺の方が年下だと思うんですけど」

「だ、だけど、僕よりしっかりしてそうですし……あれ？　そう言えば、どこかで会ったような……？」

鼻をすすった青年が、まじまじと俺の顔を覗き込んだ。

「うぅ……思い出せない。それに、なんだか頭が痛い……昼間に飲みすぎたかも……」

青年が頭を抱えている。泣《な》き上戸《じょうご》ってやつだろうか。

「とりあえず、俺が肩を貸しますから、一度家に帰った方がいいですよ。あ、騎士さんだから駐屯《ちゅうとん》所《じょ》に戻るんですかね？」

「い、家です……僕、町の人たちを鼓舞するために、今日は実家に帰るよう命令されてまして……」

後方支援、ということだろうか？　確かに、騎士らしく身なりはいいが、これまでの様子を見るに、あまり戦いに向いているようには思えない。

俺が青年に自宅の場所を尋ねようとした時、犬の鳴き声が聞こえた。

「バウバウッ！」

いつの間にか俺たちは野犬に囲まれていた。

食いっぱぐれた群れなのか酷くお腹を空かせた様子だ。

「この数なら俺だけでもなんとかなるか」

アリアやエリスと比べたら児戯《じぎ》に等しいが、貴族の教養としてそれなりに剣術を修めている。

野犬相手であれば、苦戦することもないだろう。

「さあ、かかってこ――」

「ひぃいいいいい……ま、魔獣!?」

俺が剣の柄《つか》に手を掛けた瞬間、悲鳴を上げた青年が自らの細剣を引き抜き、あっという間に野犬の群れを撃退した。

今の今まで怯えていた気弱な姿からは想像もつかないほどに、熟達した剣技であった。

「はぁ、はぁ……こ、怖かった……お兄さんは大丈夫ですか？　お怪我は？」

野犬の返り血に染まった青年が、振り返って俺に尋ねた。

「いや……俺はどこも怪我はしてませんけど……あなたの方こそ――」

そこまで言いかけて、俺は気付いた。まるで頭の中のもやがはれたように記憶がよみがえる。

佇まいや金髪はもちろんだが、何よりもアリアやエリスをも超えるその剣捌きは見覚えがある。

戦場で見た《剣皇《けんおう》》の動きだ。特徴的な聖剣こそ持っていないが、間違いない。

この青年はレグルスだ。

「う、うぅ……もう隠れてないよね？　こんな町中に魔獣なんて、怖いよ……うぅ……」

……レグルスの、はずだ。

◆　◆　◆

「フハハハ！　明日には援軍が到着する。そうすれば、私自ら兵を率いて、エルウィン軍を我が国から叩き出してやろう!!　諸君らに今しばらく忍従《にんじゅう》を強いるのは心苦しいが、お詫《わ》びとして今日も思う存分、食事と酒を楽しんでほしい」

翌日もレグルスは酒場に現れ、民に食事と酒を振る舞っていた。

調べたところ、この酒場以外でも、同じように騎士団が避難民や住人たちを支援しているらしい。

故郷を追われた避難民たちは大助かりだろう。

「それでレヴィンさん、何か情報は得られそうなんですか？」

エリスが俺の服を優しく引っ張って、こっそりと耳打ちしてきた。

ない。


「情報……あるにはあるんだが」

昨夜、俺はレグルスの素顔を見た。

昼間の自信に満ちた姿とは裏腹に、気弱で泣き虫な騎士だったが、剣の腕を見るに疑いようがない。

しかし、あの変わりようは一体どういうことなのだろうか？

「違う点と言えば、聖剣と仮面の有無か」

昨晩のレグルスはそれらを身に着けていなかった。

顔を隠す、強力な武器を持つ……そうして自信を持ち、外向的な性格になっているのか？

「いや、昨日の演説中に聖剣を手放していたことがあったな……ということはあの仮面を着けると性格が変わる？」

そういえば、先の戦いでエリスの一撃を顔面にもらったレグルスは、それまでの有利を放棄して撤退していった。あの時は、慎重な性格だからかと思っていたが、ひょっとすると仮面にヒビが入ったからなのかもしれない。

つまり戦闘中に仮面を奪うか破壊するかすれば、彼は途端に弱気になるということだ。

それでも彼自身の戦闘力が低下するわけではないし、あれほどの強さの相手の仮面を狙うというのも、なかなか難しいだろう。

俺が真剣に分析していると、エルフィがからかってくる。

「マ……お兄様、ずっとあの人を見つめてどうしたの？　もしかして……恋？」

「そ、そうなんですか？　レヴィンさん⁉」

「そんなわけないだろう」

というか、なんでエリスがそんなに驚くんだ？

俺は呆れてエルフィを小突く。

「あの仮面を見ていたんだ」

「仮面……確かにかっこいい。私の子ども心をくすぐる。どこで買えるのかな」

まだまだ精神的には子どもに近いからか、エルフィは仮面に心奪われているようだ。

「あれがどうかしたんですか？」

「レグルスの自信の秘密は多分、あの仮面にある。あれを剥いでしまえば、彼は内気で気弱な性格になるらしい」

「そ、そうなんですか？　とても想像ができませんけど」

戦場で相対したエリスにすれば、信じられないのも無理はない。

「よくは分かりませんけど、レヴィンさんがそう言うのなら間違いないですよね。では、そろそろルミール村に戻りますか？」

「いや。もう少し様子を見ておきたい。まだ確信があるわけじゃないからな。それに……」

俺が言葉を区切ると、エリスはしっかり頷いた。

「何か考えがあるんですね？」

仮面を破壊するだけで攻略できるほど、レグルスは甘くはないだろう。

ここは一つ、賭けに出たい。俺たちは昨晩の宿へと帰った。

その夜、泊まっていた部屋にエリスとエルフィを寝かせた俺は、昨晩と同じ場所にやってきた。

「こんばんは。今日もここで泣いていたんですね」

「あなたは……昨日のお兄さん？」

改めて見ると、確かに仮面を着けていた《剣皇《けんおう》》と雰囲気がよく似ている。昨日は彼の剣技を見るまで、その正体がレグルスだと認識できなかった。

レグルスの姿がなぜか思い出せなくなる妙な感覚。恐らく仮面自体にも、彼の本性が気弱な青年であることに気付かせないよう暗示をかける魔法が仕込まれていたのだろう。

「まさかあなたがあの英雄、レグルスだったとは驚きました」

「な、なんの話ですか？」

レグルスがとぼけた。

さすがに素直に認めてはくれないか。

彼はクローニアの英雄だ。正体が臆病《おくびょう》な青年だと国民に知られれば、失望させてしまう。

「しらを切るつもりですか？」

俺は鞘から剣を抜く。

「こ、来ないでください……僕、何か気に障るようなことをしてしまいましたか？」

俺は青年の言葉を無視して、片手剣を振り下ろす。しかし、俺と彼の実力差は歴然。

一瞬、何かが閃いたかと思うと、俺の剣は弾かれ宙を舞っていた。

「そんな風に剣を操れるのは、この国に一人しかいませんよ」

「……」

青年は懐から仮面を取り出すと、恐る恐る顔に被った。

「フッ、思い出したぞ……君とは今日の昼にも会ったな。確か避難民の夫婦だったか？　こうして剣を抜いて私の前に現れたのだ。ただの避難民ではなかろう」

予想した通り、仮面を着けると、自信に溢れた堂々たる態度になるようだ。

「さて、覚悟はできているな？」

レグルスが細剣を突きつけてくる。彼が本気を出せば数秒で俺の首は飛ぶだろう。

だから、これは賭けだ。

「ドレイクに大切な人を連れ去られた。そう言ってましたね？」

剣が俺の首筋でピタリと止まった。

「君に何か関係があるのか？」

「簡単です。俺ならドレイクの動向を調べて、あなたの大切な人を取り戻すことができます」

「なんだと……？」

「俺はエルウィン王国の遊撃騎士、《聖獣使い》《ホーリーテイマー》レヴィン・エクエスです」

胸に手を当てて一礼する。

「レグルス殿、あなたに提案したいことがあります。エルウィン、そしてクローニアを救うため、力を貸していただけないでしょうか」

◆　◆　◆

翌日、エルウィン軍とクローニア軍は聖地クレスの近くにある砦で睨み合っていた。

相手は、レグルスが率いるクローニア辺境師団。

対してこちらは主力であるエルウィン王宮騎士団と、ドレイクが纏める黒獅子騎士団だ。

「よいか！　数はこちらが勝っているのだ。必ずレグルスを討ち滅ぼせ！　そして、あの男の持つ二振りの聖剣。あれは英雄シグルドの武器だ。正当なる子孫であるワシのもとに取り戻せ！」

俺たちエルウィン陣営の天幕では、作戦らしい作戦もなくドルカスが突撃を命じる有様だ。

戦況も理解せずにわけの分からないことを言っている。聖剣の奪還以前に、レグルスを攻略しないといけないというのに。

「聖剣はともかく、相手は英雄レグルス。きつい戦いになりそうですがね」

ドレイクが肩をすくめてぼやいた。

レグルスによれば、彼の幼馴染であるカリンさんを誘拐したのはこの男だそうだ。まったく意図が読めないが、何を企んでいるのだろうか。

「ドレイクよ。貴様の策について、そろそろ詳細を話せ」

「……まあいいでしょう。我が領内で極秘に訓練していた騎士たち、それを今回は投入しようかと思います」

極秘に訓練していた騎士……だと？

「ああ……例のアレか。使えるのか？」

「実力は保証いたしますよ。やや、性格に難はありますがね」

「ふん。まあよいだろう。それで、レヴィンよ。貴様はどうする？」

ドルカスが俺に尋ねてきた。こちらとしてはドレイクの狙いをもっと探りたいところだが、無視するわけにはいかない。

「今回、自分は敵の補給部隊を叩きます」

「補給部隊を？　そんなろくに戦えない連中を相手にしてどうするつもりだ」

「兵たちの装備も糧食も有限です。それが尽きればどれほど実力のある兵士だろうと戦えません。そこへ、人数をかけて叩きます。レグルスは強力な相手ですが、彼とて補給が途絶えれば戦い続けるのは難しいでしょう。真正面からぶつかるよりも、搦《から》め手で攻めるのがよいかと」

「フン、気の長いことだ。貴様の隷獣共はお飾りか？」

相変わらずドルカスは侮蔑《ぶべつ》的な表現でエルフィたちを呼ぶ。本当に腹立たしいが、ここは堪えるしかない。

「でも、いい作戦じゃあないでしょうかね？　真っ向からレグルスの相手をせずに消耗戦に持ち込めば、目論見通りいくでしょうよ。相手は化け物だが、雑魚《ざこ》が命を懸ければ時間を稼げる。マーレイ城で《暗黒騎士《ダークナイト》》を削った時のように、物量で押すわけだ。いい感じにブッ飛んでて俺は好きですぜ」

ドレイクが獰猛な笑みを浮かべ、俺の意見に賛成した。

俺は兵たちの命を無駄にするつもりはない。そんな風に言われるのは心外だ。

一方で、ドルカスはドレイクの説明に納得したように手を打つ。

「なるほど、そういうことか。末端の兵士などいくらでも替えが利く。実に合理的な作戦だ」

人を人とも思わない発言に嫌気が差すが、どうやら俺の作戦は受け入れられたようだ。

「なんだかいけそうな気がしてきたぞ。フフ、聖地クレスを奪還するのが楽しみだ。聖地も聖剣も、ワシの手にこそふさわしい。忌《い》まわしいクローニアの蛮人共め。聖地を奪還した暁《あかつき》には、貴様らの皮を剥ぎ、串で貫いて我が神像《しんぞう》の前に飾ってやるわい」

「神像？」

野蛮な妄想を口走りながら、ドルカスが気になる単語を発した。一体、なんのことだ？

「おお、そう言えば貴様には伝えていなかったな。マーレイでの戦いでわずかばかりの金を手にしてな。それを用いて神像を完成させたのだ。見るがいい」

上機嫌で天幕を出たドルカスは、側に置かれた背の高い建造物に掛けられた布を取り外すように命じた。

そこにあったのは、目が潰れそうなほどに眩しく金色に光る、ドルカスらしき彫像《ちょうぞう》だった。

「どうだ驚いたか？　貴様が余計な真似をしなければ純金で制作できたのだが……まあメッキであっても見栄えは悪くない」

でっぷりと太った腹はなぜか引っ込んでおり、実物よりも何倍も精悍《せいかん》な顔立ちの像だ。おまけに像の両手には巨大な剣が握られ、英雄レグルスよりも英雄らしいポーズを取っていた。

「うわあ……」

俺は思わずドン引きしてしまう。どうやら彼は、心の底から英雄になりたいと願っているようだ。

「聖地解放の英雄にふさわしい威容だ。これをクレスに置くのが待ちきれん。フハハハハハ！」

高笑いをしながらドルカスが立ち去った。

まさか、こんなものを作るために、金鉱山を目指して侵攻していたのだろうか。

これは一刻も早くゼクス殿下を王位に就かせなくては。俺は改めて心に誓うのであった。

◆　◆　◆

その日の昼、ついに両軍が相打つ時が来た。

エルウィンの兵を、クローニア軍の先頭に立ったレグルスが迎え撃つ。

前線の兵たちには厳しい戦いをさせてしまうが、この戦いの終着点は勝利ではない。

「エルフィ、ヴァン。お前たちの足の速さが今回の肝《きも》だ。頼んだぞ」

「うん、任せて。ラングラン領？　に向かえばいいんだよね」

「本当は僕がママを乗せたかったけど、これも作戦だもんね」

国王には「補給部隊を叩く」と伝えたが、あれは嘘だ。

俺たちはカリンさんをはじめ、ドレイクが攫った人たちを救出する。それが、今回レグルスと交わした取引の条件であった。

「エリスはともかく、殿下まで連れていくのは忍びないのですが……」

「これは王族としての責務だ。敵国の領民誘拐や捕虜虐待《ほりょぎゃくたい》が行われていれば、それは我が国にとって払拭《ふっしょく》すべき汚点。ここで内患《ないかん》を自ら排除すれば、反乱を起こす好機になる。それに、道案内も必要だろう？」

「承知しました。では、参りましょう」

「うむ。私に任せてくれ」

こうして、俺たちはこの国の未来を占う作戦に身を投じた。


エルフィとヴァンのおかげで、俺たちはあっという間にドレイクの居城へ到着した。

「エリス、作戦通りに頼む」

「任せてください。頑張りますよ」

エリスが胸の前でそっと拳を握った。

彼女の役目は陽動だ。《暗黒騎士《ダークナイト》》が俺のもとにいることは知られていない。

彼女が門前で暴れれば、兵たちは蜂の巣を突いたように外へ出てくるだろう。その隙に、俺と殿下で城の内部を探るのだ。

俺は【魔獣召喚《サモンビースト》】でエーデルを喚び出すと、殿下に言う。

「では、参りましょう。殿下」

作戦開始の合図と同時に、エリスが放った凄まじい斬撃が城壁を砕いた。どれほど強固な壁も、エリスの《暗黒騎士《ダークナイト》》の力には敵《かな》わない。俺たちは兵たちが出払うのを待って、城内に潜入する。

一通り回ったところ、地上部分については不審な点はなかった。しかし、地下に通じる扉は厳重にロックされていた。俺は鍵を探そうとしたが、殿下が剣を引き抜くと、魔力を伴った一撃を叩きつけてあっさりと扉を破壊する。

「この方が早いだろう？」

爽やかに言い放ち、殿下は笑みをこぼした。

その後も、道を阻む扉を破壊しながら俺たちは進み、さらなる地下への入口へと到達した。

「酷い臭いだ……」

扉を開けた瞬間、すえたような臭いが押し寄せてきた。

周囲には飛び散った血の痕《あと》が広がり、この先がろくでもない場所だということが分かる。

「なるほど。これが臭いと血の正体か」

先を歩いていた殿下が立ち止まって言った。

俺たちが見つけたのは無数の死体がある部屋だった。どれもが酷く損壊しており、ほとんど原形を留めていない。

「うっ……」

思わず吐き気がこみ上げてくる。

ここは拷問部屋《ごうもん》……いや、実験室だろうか。死体の損壊具合から、なんらかの実験や研究の犠牲になったのだろうことが窺える。

「まさか、この人たちが……」

俺は嫌な予感がした。急いで奥へと進むと、牢に囚われた人たちがいた。

「ひっ……こ、来ないでくれ……来ないでくれぇえええええええ！」

「ぁ……ぁ……いやぁああああああああああ!!」

恐らくレグルスが言っていた、ドレイクに攫われた人たちだろう。俺と殿下の姿を見た瞬間に錯乱したように叫ぶ。

その瞳は強い恐怖に支配されていた。ここで、よほど酷い目に遭ったに違いない。俺たちをドレイクの配下だと勘違いし、実験に連れていかれると思っているのかもしれない。

「ドレイクめ。一体、ここで何をしてたんだ!?」

彼らの様子を見て、殿下が強い怒りを露《あら》わにした。俺だってそうだ。彼らはルミール村の人たちと同じ無辜《むこ》の民だ。

もしも村の人たちがこんな目に遭ったら……そう思うと怖気立《おぞけだ》つ。

「一刻も早く彼らを解放しよう。ひとまず私は牢の鍵を探す」

「自分は奥の部屋を調べてきます」

殿下と俺はそれぞれ手分けをして実験室を探っていった。

奥に進んだ俺は、衝撃の光景を目にして言葉を失った。

「……なんだ……これ」

そこにいたのは、かつてドレイクが腕に抱えていた、頭に赤い宝石を持ったカーバンクル――いや、カーバンクルらしき生物だ。

それは、逃げ出せないように鎖に繋がれているだけでなく、身体は生存に必要な部分のみを残して切断され、傷口には考えうる限りの苦痛を与えるための様々な手段が施されていた。

額の宝石はまるで太陽のように強く眩く輝いており、そこにチューブが取り付けられていた。

「ふざけるな……」

この光景が意味するところは、一つだ。

カーバンクルは死の危機に瀕《ひん》すると、強大な魔力を放出してその身を守ろうとする。恐らく目の前の設備は、その魔力を抽出するべく意図的に苦痛を与えるものなのだろう。

「くそっ……」

俺はなんとかしてカーバンクルの拘束《こうそく》を解く。幸い、鎖もチューブも簡単に外せたが、この傷では……

「レヴィン殿。牢に囚われた人たちは解放した。それに凄いものを見つけ……それは……」

俺が抱えているカーバンクルを見て、ゼクス殿下が顔を青ざめさせた。

「これがドレイクのやっていたことです。人や幻獣を使って非道な実験をしていた」

「人も獣も、皆、惨《むご》たらしい目に遭っている。こんな風になるまでに、一体どれほどの仕打ちを受けたというのか。しかも、それを支援していたのが我が父とはな……」

近くにあったテーブルに殿下が紙の束《たば》を広げた。この実験室にあった資料のようだ。

「クローニアへの侵攻のために必要な兵器の開発という名目で、陛下は実験に出資していたようだ。それだけではない。必要な人員の提供も行っていた。敵方の兵士や民間人。そして、このあたりの村の人たちや兵たちまでも動員されている」

「エルウィンの民までも……ですか？」

「ああ。我が父もドレイクも、人を人とも思わないろくでなしだったようだ」

殿下は、血が滲《にじ》むほどに強く拳を握り込んでいた。身内がこの惨状に関わっていると知って、怒りに駆られているのだろう。

「殿下、すぐに戻りましょう。こうなった以上、あの男たちをのさばらせておくわけには――」

「レヴィン・エクエスゥウウウウウ！　ここにいたか!!」

その時、騒々しい声を上げながら、鎧を纏った男が現れた。

「見つけたぞ。殿下を連れ去って何をするつもりだぁあああ！」

以前、殿下の処刑に反対して、俺に掴みかかってきた伯爵家出身の騎士、ディランだ。

まさか、俺たちのあとをつけてきたのか？

「貴様が戦地から逃亡したのを見かけたのでな。騎竜に乗って追いかけてきたのだ！　それにしてもまさか、殿下を連れてこんなところで非道な実験をしていたとはな……即刻、殿下を解放しろ！」

ディランは何か大きな勘違いをしているようで、剣を抜いて怒鳴り声を発する。

どう説明したものかと悩む俺に代わり、ゼクス殿下がディランを制止する。

「ディラン、何やら誤解をしているようだが、一つ訂正をしておこう。彼は私の協力者だ」

「心細い思いでいらっしゃったことでしょうが、心配ございません。今、自分が殿下を……えっ？」

改めて殿下の言葉を噛み砕いたのか、ディランが素《す》っ頓狂《とんきょう》な声を上げた。

「そもそも、ここはラングラン公爵家の屋敷だ。普段は空の上で暮らしているレヴィン殿が、ここで実験などできるはずないだろう」

「た、確かに……で、では、これはどういうことなのですか？　ラングラン殿の屋敷の下に、どうしてこんな場所があるのです!?」

「掻《か》い摘《つま》んで説明すると、陛下とドレイクが新兵器の研究という名目で人体実験を行っていたのだ。敵国の民だけでなく、自国の民、そして魔獣たちも惨たらしい目に遭わされていた」

「そんな馬鹿な話が……」

だが、それが事実だ。何か企みのある人物だとは思っていたが、ここまでのことをやらかすとは。

そういえば、先ほどドレイクは「極秘に訓練していた騎士を戦いに投入する」と言っていた。

なんだか嫌な予感がする。

俺は殿下とついでにディランと連れ立って、屋敷の入口に走った。

そこには全身傷だらけで息を切らしているエリスと、それを心配そうに見つめるエーデルがいた。

「エリス、無事か？」

慌てて、彼女のもとへと駆け寄る。周囲には十人ほどの武装した兵士が倒れていた。

「だ、大丈夫です……ですが、想像以上に手強い相手でした」

「もしかして、様子がおかしくなかったか？」

「はい。人間離れした身体能力で、魔力の量も凄まじくて苦戦してしまいました」

十人がかりとはいえ、S級の天職持ちであるエリスをここまで疲弊させたということは、例の特別な兵士の可能性が高い。

地下で行われていたおぞましい実験は、この強化兵士を作るためのものなのかもしれない。

「一度、リントヴルムの背に戻りましょう。エリスを休ませ、捕まっていた人やカーバンクルの治療をしなければ」

俺は二人に言った。

魔力を引き出すためだけに、苦痛を与えられ続けたカーバンクル。助けられるかは分からないが、できる限りのことをしてみよう。

◆　◆　◆

クローニアとエルウィンの軍勢が衝突してからしばらく。

「なんだ、この者たちは……」

英雄レグルスは、襲いかかってくる兵士たちに違和感を抱き始めていた。

（身体能力も魔力量も異常だ。まるであるべき姿から不自然に歪められているかのように）

初めこそエルウィンの兵たちは、戦略も何もない無謀な突撃を繰り返しては撃退されるというのを繰り返していた。

エルウィンの指揮を執っているドルカス王は稀代の無能。

ろくな戦略も立てずにいたずらに戦力を投入しているのだろうと思っていたレグルスだったが、途中から兵の動きが変わったことに気付く。

新たに襲ってきた赤い瞳の騎士たちは、不気味な魔力を身に纏っていた。人間離れした膂力と身体能力を持つ彼らを撃退するのに、レグルスは多少手間取っていた。

「レヴィン殿は必ず戻ると言っていたが……」

レグルスの想い人を救出する。そのことを条件に、レグルスはレヴィンと協定を結んだ。

この戦場においてレグルスは、ただの一人の命も奪わず防衛線を維持する。

それが協定の内容だ。

だが、期限は今日いっぱいである。約束が果たされなければ、レグルスは国のためにエルウィン軍を壊滅させるつもりだった。

「カリン。無事でいてくれ」

レグルスは想い人の名を呟きながら剣を振るう。

敵国の人間を信じていいものか。レヴィンとの約束は、レグルスにとって賭けである。

「さすが英雄レグルス殿だ。いやはや、随分と手強い」

やがて、巨大な戦斧を持ったドレイクが戦場に現れた。

「新手か？　無駄なことをする」

レグルスは剣光を放って威圧し、ドレイクを追い払おうとした。しかし、ドレイクは斧の一振りでそれをかき消す。

「それなりに腕の立つ者のようだな」

「あんた相手に勝てると思うほど自惚《うぬぼ》れちゃいないよ。本命はこっちだからな」

ドレイクが指を鳴らした瞬間、レグルス目掛けて凄まじいスピードで何かが飛来した。

レグルスは身体を捻ってそれをかわすと、そのまま剣を振るって反撃しようとする。

「……え？」

襲撃者の姿を見て、レグルスの動きがピタリと止まった。

「アアアアア……」

美しくも無機質な声を発しながらレグルスの前に立ちはだかったのは、浅黄色の髪の女性――レグルスの想い人、カリンだった。

「カ、リン……？　その姿は……」

行方知れずになっていた想い人との再会。ところが、レグルスの心は悲しみで埋め尽くされる。

カリンの姿は、レグルスの知るものとは大きく異なってしまっていた。

瞳には生気がなく、背中からは人が持ち得ないはずの翼が生えている。

本来あるべき姿が歪められていたのだ。

「どうだ、懐かしいだろう？　たまたま捕まえた女がレグルス殿の知り合いだと聞いてな。親切心で連れてきてやったんだよ」

宙に浮かんだカリンを見て下卑た表情を浮かべながら、ドレイクが斧を構えた。それを合図に、瞳を真っ赤に光らせた兵士たちが集まってくる。

「あんたにとって大事な女なんだろう？　なら、彼女が巻き込まれないようにおとなしくしてくれよ？　クハハハハハハ！」

高笑いをし、ドレイクたちは一斉にレグルスに襲いかかった。

それから半刻にわたって、ドレイクたちによる執拗な攻撃が行われた。

「ッ……ァ……」

やがて、レグルスが膝を折った。

カリンという人質を取られたレグルスは、反撃も防御もできずに、ただ攻撃に耐えた。

いくらS級天職持ちとはいえ、無防備な身体に攻撃を叩きつけられれば、重傷を負う。

「これだけやっても仕留めきれないとはな……化け物には化け物か。おい、アリア！　出番だ！」

ドレイクに呼ばれてアリアがやってきた。

「さて、我が愛しの婚約者よ。言いたいことは分かるな？」

視線を動かしてレグルスの方を示す。

アリアはゆっくりと剣を引き抜き、レグルスに向ける。

「よもやこうして決着がつくとはなぁ」

ドレイクがぼそりと呟いた。

これまでの攻撃は全て耐えてきたレグルスだが、今度の相手は同じＳ級の天職を持った相手だ。アリアが本気を出せば、さすがにレグルスでも耐えきることはできない。

「正直言って惜しいよ、《剣皇《けんおう》》レグルス。なんたってここにいるアリアと比べてもあんたは強い。恋人と仲良く実験に使ってやりたかったよ……」

「外道が！」

レグルスが聖剣に手を掛けようとして、固まる。

「確かにあんたが本気を出せば、俺の首は容易くはね飛ばされるだろう。だがな、死に際にこの女を道連れにするくらいは造作もない」

虚《うつ》ろな瞳で宙に浮くカリンの首筋には、ドレイクの戦斧が突きつけられていた。救国の英雄と持て囃《はや》されるレグルスであるが、この状況では打てる手はない。

「さあ、ドルカス陛下のご命令だ。殺《や》れ」

ドレイクの命令で、アリアがゆっくりとレグルスのもとへ歩いていく。

アリアにとってもこのように無抵抗な相手を殺すのは納得できないことだった。だが、主命に逆らえば大切な人――レヴィンが死ぬ以上、ドレイクの言葉に従うしかない。

覚悟を決めて、アリアは剣を構える。

「ここまでか……」

レグルスが聖剣に手を伸ばす。

ここで彼が抵抗すれば最愛のカリンは殺されてしまう。なんとか彼女を救いたかったが、あの卑劣な男に彼女の命を握られている以上、採れる手段はない。

これ以上、カリンの命を優先して、祖国を危機に晒すわけにもいかない。

「カリン、ごめん……」

ほんのわずか、仮面の奥に隠れた本来の気弱な性格が表出した。

英雄としてのレグルスは、とっくに戦場で死ぬ覚悟を決めていた。

しかし、その内に秘められたレグルスの本心は、想い人の命と祖国の危機を秤《はかり》に掛けなければならない状況に打ちのめされていた……どちらを選択しても、彼には地獄が待っている。

「っ……」

《剣皇《けんおう》》の仮面の下に伝う涙を見て、アリアが動揺した。

「……なんの真似だ、アリア？」

アリアは踵《きびす》を返して、自らの細剣をドレイクに向けた。

「あなたにはもう従えない。人質を取って、無抵抗の相手を殺すなんて……酷すぎる！」

「これは戦いだぞ？　綺麗事を抜かすな」

「戦いにもルールがある。大義なんてないこの戦争で、無駄に命を奪うなんて馬鹿げてる。それに……大切な人を人質にされる苦しみは、私が一番よく知ってる！」

「なるほど。この男に情が移ったわけか。そうだな。確かにお前とレグルスは似ているよ。なんせお前の想い人の命も俺が握っているからなァ！」

ドレイクが短剣を取り出した。アリアを従わせる忠義の短剣だ。

これがある限り、アリアは主に逆らえない。もし逆らうなら、彼女の大切な人が生命を散らすことになる。

「お前に拒否権はない。俺は国王からこの短剣を預かり、主の代理となっている。今ここで俺に逆らってみろ。お前の大切な大切な《聖獣使い》《ホーリーテイマー》が死んでしまうぞ？　お前は必死で隠しているようだったが、態度を見ればすぐにレヴィン殿が大切な人だと分かったさ」

「いいえ、絶対にレヴィンは死なせない。あなたみたいな卑劣な人の思い通りになんてさせない……レヴィンは私が守るんだから！」

アリアが剣の切っ先を自分に向けた。

「なっ……正気か？」

「私が死ねば、その短剣はただのガラクタになる。あなたを裏切ったわけじゃないから、レヴィンは死なない！　私がいなければ、《剣皇》《けんおう》も倒せないでしょう。あなたの好きにはさせない!!」

突然の行動に、ドレイクが慌てた。しかし、アリアの決意は固い。

アリアが自らの喉元を貫こうとしたその瞬間――

「ドレイクゥウウウウウ!!」

凄まじい速度で飛んできた何者かが、ドレイクの右頬を思い切り殴りつけた。

アリアが驚いて、男の名を呼ぶ。

「レヴィン……!?」

「アリア、危ないことをして……ヒヤヒヤしたぞ!?」

ドレイクに突っ込んだレヴィンは竜の姿をしたエルフィから降り、アリアに走り寄った。

そしてアリアの両頬をつまみ、力いっぱい引っ張る。

「いひゃい、いひゃい！　やめへよ‼」

「もう二度とこんな真似しないでくれよ！」

「わ、分かった……分かったから！　ごめんね……他に考えが浮かばなくて」

アリアの頬から手を離すと、安堵からレヴィンが大きく息をついた。そして、改めて吹き飛ばされたドレイクの方へ視線をやった。

「クソッ……一体、何が起こった⁉」

突然の衝撃によって、ドレイクは地面に叩きつけられていた。

彼はなんとか立ち上がり、体勢を整える。

「ドレイク、ここでお前には退場してもらう」

アリアとレグルスをかばうように、レヴィンがドレイクの前に立ちはだかった。

「とうとう覚悟を決めたか……いずれ戦う気はしていたが、まさかこのタイミングとはな」

「お前の所業を知ったら、一分一秒だってアリアをお前の側に置いてはいられない。婚約はこれで解消だ、クズ野郎」

怒りでその身を震わせるレヴィンとドレイクが対峙した。

◆　◆　◆

俺は剣を引き抜いて、ドレイクに突きつける。

ドレイクが余裕の笑みを見せた。

「不意打ちを喰らわせたぐらいで随分と強気だな？　こっちには人質がいることを忘れてるのか？」

「人質ってこの人のこと？」

ドレイクの脅しに、エルフィが尋ね返した。

やつの魂胆《こんたん》は読めている。人質にされていたカリンさんは、人の姿に戻ったエルフィが気絶させて保護していた。

「俺を殴り飛ばしたのは目眩ましで、本命はその女の奪還か。なるほど悪くない判断だ」

この男を相手に、油断をするわけにはいかない。

一見、粗雑《そざつ》で乱暴な男に見えるが、その腹の中は誰にも読ませない。ドルカスをそそのかし、自らの居城でおぞましい実験をやっていたのだ。

少しでも弱みを見せれば、そこに付け込まれることは明らかだ。

「だが、手駒の手綱《たづな》を放す馬鹿はいない。そこまでは考えていなかったようだな」

ドレイクは指を鳴らすと一言、こう呟いた。

「自害しろ」

その言葉でカリンさんが覚醒《かくせい》し、エルフィをはねのけた。そして、懐から短剣を取り出すと、自らの喉元に突きつける。

「おっと、そこでストップだ。俺が死ぬか、捕まったりしたらそのまま死ね」

「カリン……！」

瀕死《ひんし》のレグルスが必死にその名を呼んだ。

完全に意識を失ったカリンさんをドレイクはまんまと操った。どうやら実験の過程で、なんらかの暗示を掛けていたようだ。

「我が国の英雄であるレヴィン殿が、敵国の英雄をかばうとは残念だ。だが、これで形勢逆転というわけだ」

「それはどうかな？」

ドレイクはこちらの手をある程度読んでいたが、こちらの方が上手だったようだ。短剣を構えるカリンさんのもとに一体の妖精——フィルミィが舞い降りる。

「マスター、この方を元に戻して差し上げればいいのかしら？」

「フンッ、何をするかと思えば……無駄だ。一度歪められた実験体が、元に戻ることはない」

「そんなことはさせないよ……僕が本調子になったからね！」

あどけない少女のような声と共に、今度は神秘的な光を放つ幻獣が舞い降りた。

その姿を見て、ドレイクが動揺する。

「なっ……な、なぜ、そいつが!?」

「紹介しよう。新しく俺の仲間になった、カーバンクルのエスメレだ」

ドレイクが捕らえていたカーバンクル。命を落とす寸前であったが、穢れを祓《はら》うバイコーンのエーデルと、癒やしの妖精フィルミィミィの力を借り、なんとか回復に成功した。

「僕から奪った魔力、返してもらうよ」

エスメレが身体を淡い緑色に光らせると、ドレイクによって歪められた兵たち、そしてカリンさんの体から魔力が放出し、額の宝石に集まっていった。

「次はわたくしの出番ですわ」

フィルミィミィが呪文を唱えると、癒やしの光が周囲に降り注いだ。カリンさんたちが徐々にあるべき姿へ戻っていく。

俺はドレイクに言われた言葉をそのまま返す。

「形勢逆転だな、ドレイク」

「……チッ」

残酷な実験による心の傷は深いだろうが、少なくとも身体の傷は癒えた。カーバンクルの魔力を用いたカリンさんの暗示は、これで効力をなくすだろう。

「だが、こちらにはまだ切り札が――」

「残念だが、この場に貴公の仲間はもういないぞ」

よく通る声がドレイクに呼びかけた。

俺が振り返ると、ゼクス殿下が大勢の兵を引き連れて立っていた。腕にはドレイクの実験の被害にあったらしい、ボロボロの少女を抱えている。

「おやおや、領民虐待で処刑を命じられたゼクス殿下がどうしてこちらに？」

「こういうことだ、ラングラン卿」

殿下が少女を俺に預けた。俺はその意図を汲み、フィルミイミィと共に彼女の傷を癒やす。

「初めからレヴィンとグルだったと。さては、あの無能な王を追い落とすつもりか？」

「ラングラン卿、貴公の企みは破綻した。異様な変貌《へんぼう》を遂げた実験兵に、非道な人体実験で傷つけられた人々の存在……そしてその研究に父が出資した事実を知らせたことで、多くの貴族と兵が私を支持してくれた」

「クソッ……このクズめ！　親不孝者が!!」

反乱を起こした兵たちによって拘束されているドルカスが殿下を罵倒《ばとう》した。

「殿下を侮辱するな国賊め！」

「ひゃぁあああああああ！」

殿下に付き従うディランが拘束を強め、ドルカスはたまらず悲鳴を上げた。

ドレイクが呆れたように言う。

「無能な王と賢明な王子では、こうなるのも道理か」

「貴公は頭が回るようだが、従う相手を間違えたな」

「そんなことはないさ。なんせ、指導者は無能な方があれこれと動きやすいからな」

歪んだ笑みを浮かべるドレイクに、ドルカスが詰問《きつもん》する。

「ワ、ワシを侮辱するか、ドレイク！　ええい、さっさとワシを助けよ」

「丁重にお断りしますよ。どうやら、陛下にはもう利用価値がなさそうだ」

「な、なんだと……貴様、ワシへの忠節はどうした!!　何を企んでおる!?」

「企むだなんてとんでもない。俺はただ平穏な暮らしと安定した地位を求めてるだけですよ、親愛なる我が陛下。なにせ陛下程度の器では、この国はすぐに滅びると分かっていたのでね。現に、あなたは殿下にこうして出し抜かれた。王政、貴族制、どれも不確かで実にくだらない。己の地位を盤石《ばんじゃく》にしたいのなら、圧倒的な力と技術をもって、周辺諸国を圧倒するか、懐柔《かいじゅう》しておく方が効率がいい。その点、陛下のもとでの研究は、随分とやりやすかったですよ」

語り出したドレイクを、ゼクス殿下が遮る。

「ラングラン卿、貴公の事情など欠片も興味はないのだが」

「それは通りませんよ、殿下。陛下が聖地奪還などという妄執《もうしゅう》に取りつかれ、私がこの国で好き勝手できたのも、元はと言えば殿下が原因なのですから」

そんな都合のいいことを言い、ドレイクはさらに続ける。

「哀れな陛下。実の息子に対してすら嫉妬し、偉大なものになりたいというコンプレックスを拗《こじ》らせた。そんな王様に、『英雄の血を引いている』と信じ込ませるのは容易い。聖地を奪還するためだと進言したら、まんまと俺の研究に協力してくれた。偉大な功績の前には小さな犠牲だと、使命感に満ちた表情で平民を実験に差し出すドルカス陛下は、実に滑稽だったよ」

馬鹿な話だ。まさか、ドレイクの言葉を疑いもせずに、あれほどの愚行に走ったとは。

ドレイクが大仰な口調で告げる。

「陛下の他にも顧客はいたんだがな。お前のせいで全部パーだ。陛下からの評価を上げるための小細工をしていたせいで、マーレイの戦いに参加できなかったのが痛手だよ。初めて出会った時にお前は潰しておかなきゃいけなかった。とんだ疫病神だったってわけだな」

ドレイクが俺を見て自嘲《じちょう》気味に笑った。しかし、そこにはどこか余裕が感じられた。

「まさか……！」

この話は時間稼ぎだ。俺はドレイクに斬りかかった。

「おっと、もう手遅れだ」

直後、ドレイクの足元に不気味な魔力が渦巻き始め、やがてその全身を包み込み、繭《まゆ》のような形に変化した。凶爪が繭を裂いて飛び出ると、中から強固な鎧を纏った巨大な竜が現れる。

鋼鉄のように頑強で、城のように巨大な竜……その姿は、俺がこれまで見たどんな魔獣よりもおぞましいものだった。

「さて、こいつは特別製だ。どこまで耐えられるかな？」

邪竜《じゃりゅう》と化したドレイクが嘲笑し、地面を激しく揺らした。すると、衝撃波が大地を伝い、まるで海面のように地面を波打たせる。うねる大地に巻き込まれて、大多数の兵たちが吹き飛ばされた。

「レヴィン、大丈夫？」

地面から浮きかけた俺をアリアが支えてくれる。

「ありがとう、アリア」

一撃で周囲の地形が一変した。地は裂け、山は崩落し、ほとんどの者たちが戦闘不能に陥っていた。

すでに満身創痍《まんしんそうい》だったレグルスはもちろん、殿下たちも今の攻撃に巻き込まれていた。辛うじて残ったのは俺とアリア、エルフィをはじめ【契約《テイム》】した仲間たちぐらいだ。

「ママ、あの竜……気持ち悪い……」

ドレイクは人々を歪める実験を繰り返していた。ドレイクの今の姿も、あるべき姿を歪めたものなのだろう。

「そうだな。あいつを倒して村に帰ろう。もうこんな戦いはうんざりだ」

俺の返事にエルフィが頷く。

「当然、アリアもだ。ドルカスやアーガス、ドレイク、みんな君を都合よく利用して苦しめた。君の力は、誰かの私欲を満たすためにあるものじゃない。自分の意志で使うんだ」

「……うん。私も、レヴィンと一緒に村へ帰りたい。もうあんな人たちに従うのはうんざり！」


そして、最後の戦いが始まる。

先手を取ったのはアリアだ。早々に戦いを終わらせようと、エルフィに運んでもらった彼女は、渾身の一撃を邪竜の顔面に叩きつけた。

「稚拙《ちせつ》な攻撃だ」

並みの兵士なら鎧ごと粉砕されるほどの威力だが、ドレイクはびくともしない。

「いい加減、目障りだな。ここで消えてもらうぞ！」

ドレイクが竜の手を天に掲げると、大地が削れて岩が宙に浮き始める。腕が振り下ろされた瞬間、それらがまるで流星のように周囲に降り注いだ。

「そうはさせない」

【竜化】したエルフィが、無数の砲撃の前に躍り出た。近くの岩は爪で砕き、遠くの岩はブレスで一掃する。そうして、全ての岩石を破壊していく。

「さすがは神竜、この程度は防ぐか。やはり興味深い。この身体を手に入れるまで随分と金と実験体を使ったが、神竜の身体を素材にすればより強力な肉体に進化できる。それに《神聖騎士《セイクリッドナイト》》の力の解析もしておきたい」

邪竜の表情が、まるで笑みを浮かべるかのように歪む。

「黙れ……！　二人とも、お前の欲望を満たすためにいるわけじゃない!!」

俺は思わず叫んだ。

ドレイクによって弄ばれた人や獣たちもそうだ。彼らの命はこんな男のためにあったわけじゃない。やつの思い通りには絶対にさせない。

「ガァアアアアアア！」

空から咆哮と共に熱線が降り注いだ。リントヴルムのブレスによる援護だ。

しかし、彼の一撃であっても致命傷には至らない。

「フッ、あの竜も形無しだな？」

いくらなんでも硬すぎる……動きは鈍いとはいえ、アリアやエルフィ、リントヴルムの攻撃でどうしようもないとは。何か打つ手はないのだろうか。

「ここは私が抑えます、一度お戻りください。今なら新たな都市の機能が使えますが、そのためには主殿が我が背の上で最終承認を行う必要があります」

空からリントヴルムの声が聞こえてきた。

「ま、待って……くれ……」

俺が踵を返したその時、レグルスが俺たちを呼び止めた。

「わ、私も連れていってくれ……もしかしたら、聖剣の力で役に立てるかもしれない」

「分かった！」

瀕死のレグルス、それからアリアや殿下を伴うと、俺はワイバーンに乗ってリントヴルムの背に戻った。

俺はすぐに管理局を呼ぶ。

――おめでとうございます。幻獣を仲間にしたことで、新たなコマンド【聖竜砲《せいりゅうほう》】が実行可能となりました。

「【聖竜砲】……名前から察するに兵器の名前か？」

――はい。魔力をチャージし、強力な砲撃を行うことができます。ただ、現状の貯蔵魔力量ではあの邪竜を倒すには足りません。十分な威力を発揮するには、全ての住民から魔力を集めても一週間は要するでしょう。

それじゃさすがに時間が……と諦めそうになるが、そこでレグルスがある提案を行った。

「待て。それなら私と聖剣自身の魔力を注いで、砲撃に使う分をチャージできないか？」

――可能です。

管理局の返答に、俺はガッツポーズをした。

「やはりついてきてよかった。身体はあまり動かせないが、魔力を練り上げるくらいならできる」

「私の魔力も使って。レヴィンを助けたい」

「そういうことでしたら、私も協力しましょう」

レグルス、アリア、そして家から出てきたエリスが名乗りを上げた。

俺も含めてS級天職持ちが四人。王家の血を引き、強大な魔力を持つ殿下もいる。加えて聖獣のエルフィやヴァンたちの魔力を借りれば、きっと足りるだろう。

「待って、ママ。【聖竜砲】には砲弾が必要だけど、今から作っていたらドレイクを足止めしているリントヴルムがもたない」

俺が言葉に詰まると、アナウンスが補足をする。

――一定以上の質量がある巨大な物体であれば、砲弾として代用できます。

質量を持った巨大な塊。この古代都市の瓦礫では大きさが足りない。それにここは戦場の真上だ。そんなもの都合よく準備されて……

「……いや、いいものを思いついた。ここには、とっておきのがあるじゃないか」

砲弾の候補が思い浮かんだ瞬間、俺は思わず笑みをこぼした。

「この国を蝕《むしば》む連中同士で、仲良く潰し合ってもらおう」

――【聖竜砲】を展開。これより魔力のチャージを開始します。

無機質な音声と共に、リントヴルムの周囲に漆黒のパーツが展開された。それらは腹のあたりに集まると砲身を形成して、魔力を充填《じゅうてん》し始めた。

「エルフィ、かなり重いがいけるか？」

「うん。本気を出せば余裕」

俺は神竜の姿を取ったエルフィと共に、エルヴィン軍の作戦室を訪れた。

ここには目障りなほどに大きい物体がある……俺が砲弾として目をつけたのは、ドルカスをかたどったメッキの彫像だ。

「ま、ままままま、待て、レヴィン！　何をするつもりだ!?」

エルフィが像を抱えて空に舞い上がると、兵たちに捕らえられているドルカスが大声で叫んだ。

あの邪竜を前にして、まだしぶとく生き延びているようだ。なかなか悪運が強い。

俺はドルカスに返答する。

「エルフィの卵を破壊しようとした慰謝料《いしゃりょう》をもらおうと思いましてね」

「ふ、ふざけるな！　その像は凛々《りり》しく、気高く、このワシの美学を詰め込んだ神像だぞ!!」

「ただブサイクで悪趣味なだけでしょう」

「何をぉおおおおお!!」

大声でわめき散らす声も、空に向かうにつれて聞こえなくなった。

さて、とっておきの砲弾を手に入れた。盛大な一撃をお見舞いしよう。


――砲弾の装填を確認。【聖竜砲】のチャージ完了。射線上の味方は直ちに退避してください。


地上のドレイクが、自分に向けられているものに気付いたようだ。

ドルカス像の大きさは、ドレイクの全長の半分ほどある。それほどの物体が勢いよく射出されれば、さすがに一溜まりもないだろう。


――カウント、三……二……一……

ドレイクが慌てて逃げ出す。しかし、いくら防御力が凄まじかろうが鈍重だ。

【聖竜砲】は依然としてその巨体を捉えている。

――零《ゼロ》。【聖竜砲】発射。

逃げ惑うドレイクの背に向け、悪趣味な金の像が発射された。

S級天職四人と殿下、俺のパートナーたちの魔力で射出された一撃は、周囲を跡形もなく消し飛ばす破壊力を秘めているはず。

――計算上、対象の【邪竜《じゃりゅう》の鎧《よろい》】に相殺され、周囲にもたらす被害はありません。

管理局のアナウンスが響いた。

リスクが高い兵器だが、相手は規格外の化け物。これぐらいでちょうどいい。

金の砲弾がドレイクに衝突すると、凄まじい轟音と共にその巨躯が爆《は》ぜた。

◆
◆
◆

翌日。

「まだ肩が重い……な」

朝の日差しに照らされて、俺は目を覚ます。そろそろ朝食の時間だろうか。

しかし、身体の疲れはまだ抜けきっていない。

昨日はあちこち動き回ったり、竜と化したドレイクと対決したりとハードな一日だった。

とはいえ、みんなの分の朝食を用意せねば。とりあえずベッドから出ようとして、俺は気付く。

「すぅ……」

ベッドの中に何かいた。

「ん……ママ、おはよう。朝ご飯の時間？」

俺が毛布を取り払うと、中から寝ぼけ眼《まなこ》をこすりながらエルフィが出てきた。

「おはよう……じゃないぞ、エルフィ。どうして俺のベッドで寝てるんだ？」

エルフィにはちゃんと個室を用意してある。

いつの間に、俺の部屋に入り込んでいたんだ。

「……一人だと眠れなくて。それになんだか怖い。最近は竜の力をたくさん使ったから」

「どういうことだ？」

確かに最近は彼女が竜の姿を取って戦う機会が多かった。それが負担だったのだろうか？

「神竜の中には力が強すぎて、本来の力を抑えるために人の姿を取る竜がいる。そうしないと力が暴走しちゃうから。私もそう」

「そう、だったのか。すまん、そんなことも知らずに俺は……」

まさかエルフィの変身にそんなデメリットがあったとは。

俺が頭を下げると、エルフィは首を横に振る。

「本当に暴走するのは、何年も竜の姿でいたような時だけ。ちょっと変身するだけなら大丈夫」

「そうなのか？」

「でも昨日、竜に変身してドレイクと戦った時、体の底から力が湧き上がるのを感じた。そしたら怖くなったの。変身を繰り返したら、いつか強い力に呑み込まれて、ママを忘れちゃうんじゃないかって」

「……それなら、エルフィはずっと人の姿のままでもいいんだぞ？　君は確かに強い力を持っているけど、その力のせいで嫌な思いをするなら、力なんて使わない方がいい」

俺が言うと、エルフィは再び頭を振る。

「それは嫌だ。だって、それだとママを守れない。私は役に立ちたい。だから、これからも竜に変身するし、どんなことだってする。ママはあの王様に殺されそうになった私を必死に守ってくれたから。一生懸けて守るのが私の役目」

「エルフィ……」

胸が温かくなる。

まだ出会ってからそれほど時間が経っているわけではないが、彼女は俺のことを本当に慕ってくれている。

やはりあの時、ドルカスに逆らってでも彼女を守ったのは間違いではなかった。

「それよりお腹が空いたかも。今日はこのあと、ゼクスのところに行くんだよね？」

「ああ。とても大事な用事があるからな」

早々に朝食と支度を済ませると、俺たちは王城へ向かった。


「よく来てくれた、レヴィン殿」

謁見の間の、空席となった玉座の脇《わき》にゼクス殿下が立っていた。

「我が父、ドルカス国王は地下牢に幽閉した。審判はまだだが、ドレイクの口車に乗って領民を実験台にした罪を問われれば、良くて流罪《るざい》、最悪死刑だ。少なくとも二度とこの国に戻ることは叶わないだろう」

以前はドルカスが好き勝手に臣下を追放していたが、今度は逆の立場になったというわけだ。

ゼクス殿下が続ける。

「これまで無謀な戦争を繰り返しては、いたずらに国費をつぎ込み増税を繰り返すばかりだった。そのせいで父を擁護《ようご》する者はいない。これといった混乱はなく、国の立て直しができるだろう」

「ということは次の王は？」

「そうだな……継承順位で言えば私だ。このような形で王位を継ぐことになるとはな」

少なくとも国民にとっては朗報だ。あの男の治世において、国民の利益になったことは何一つとしてない。

だというのに、殿下はどこか複雑そうな表情を浮かべていた。

「正直に言って複雑な気分だ。父は私のことを愛してなどいなかった。だがそれでも、母を亡くし、兄弟もいない私にとっては数少ない肉親だ。それを私の手で王座から引きずり下ろすことになるとは……」

そこに愛がなくとも血の繋がった家族であるわけで、確かに割り切れない感情があるのだろう。

殿下はもともと抱え込みやすい性格のようだし、今回の件は俺が殿下を唆《そそのか》したところもある。

今後は、殿下の治世が上手くいくように支えていかなければ。

「また、ルミール村へいらしてください。殿下の心と身体の疲れが取れるように、全力でおもてなしいたします。それに、この国に何かあれば、いつでも力をお貸しします」

「ありがとう、レヴィン殿。貴公のような味方がいてくれて、本当に心強い限りだ。またいつか、フィルミィミィ殿の酒場に伺いたいものだ。できれば毎日でも……」

遠い目をしながら殿下が呟いた。やはり、これからが殿下にとっても大変な時期なのだろう。

「当主が死亡したラングラン領の管理、やつが行っていた実験室の調査、そして隣国クローニアとの停戦交渉。仕事は山ほどあるが、まずは最優先のものを片付けるとしよう」

「最優先……ですか？」

「これを受け取りたまえ」

ゼクス殿下が合図すると、従者の一人が厳重に包まれたものを俺に渡してきた。

何か細長い品のようだが、なんだろうか？

「包みを開いてみても？」

「ああ」

一枚だけでも家が買えそうなほど上質な布を解くと、中から一本の長剣が出てきた。

「我が国で一番の名工が鍛刀《たんとう》した宝剣だ。儀礼用ゆえに刃こそ潰してあるが、我が国が対等な友好国に贈る伝統的な剣でもある」

「まさか……」

「次期国王として、私は貴公と貴公の興す国をかけがえのない友と認め、永久の友好を誓おう。レヴィン殿……これからはレヴィンと呼ばせてくれ。今後、我が国は君の国を全力で支えよう」

「殿下、いや、ゼクス、その親愛と心遣いに深く感謝いたします。今後はどうか、良き隣人として共に支え合い、永久の繁栄を得られんことを」

俺とゼクスは互いの手を取り合った。

こうして、新たな国を建てるという夢はここに実現した。まだまだ人口は少ないし、都市も荒れたままだが、正当な国家のお墨付きをもらえたことは大きい。

「さて、堅苦しい挨拶はおしまいだ。今後は友人としてよろしく頼む。それと、本命の贈り物だ」

ゼクスが手ずから何かを手渡してきた。今度は桐の箱に入れられたコンパクトな品だ。

「レヴィンにとってはこちらの方が嬉しいかもしれないな」

箱を開けると、そこには銀色の短剣──忠義の短剣が収められていた。

「あのあと、戦地を探らせて見つけたものだ。誰かに回収されていなくて本当によかった」

「っ……ゼクス。俺はここでお暇《いとま》してもいいか？」

「気が急《せ》くのも無理はないな。早く行くといい。彼女は屋上の庭園にいる」

「ありがとう」

俺は短剣を手に謁見の間を飛び出す。俺にとって、何よりも大切な用事を果たしに行こう。


「アリア！」

まっすぐ階段を駆け上がり庭園へと出た。そこには、俺が探し求めていた人物がいた。

「レヴィン？　どうしたの？」

振り向いたアリアに、俺はいつか戦場でしたのと同じ提案を改めて伝える。

「アリア、俺は村のみんなや仲間たちと一緒に国を建てる。今回みたいなくだらない争いとは無縁の、みんなが幸せに暮らせる国だ。そこに君も来てほしい」

俺は忠義の短剣を取り出して、アリアに見せた。

「もうこんなくだらない剣に縛られる必要はない。アリアの人生はアリアが決めるんだ。そうすると、俺と一緒に来ないって選択肢も出てくるけど……とにかく、こんなのはこうだ！」

一体、どこからそんな力が湧いたのか。俺は力任せに短剣をへし折った。

「っ……」

刃を無理矢理掴んだために、手から血がこぼれた。だけど、アリアが解放される喜びを思えば、なんの苦にもならない。

「もう！　何をやってるの、レヴィン……」

アリアが驚いたように駆け寄ってくると、両手で俺の手をそっと包んだ。

すると温かい光が流れ込み、みるみるうちに傷が癒えていく。アリアが魔法で治してくれたみたいだ。

「すまん。アリアはずっとあの短剣に縛られてきたから、それをなくせると思ったらテンションが上がって……」

「レヴィンって時々、びっくりするようなことを平気でやるよね。この前も鉱山を破壊したし」

「戦争の原因をなくしたらアリアが戦わなくて済むと思ったんだよ。実際は上手くいかなかったし、ドレイクなんかに連れていかれることになったけど……って、それを言うならアリアだって、自分に剣を向けたりしてただろ！」

あの時は、まるで心臓が握り潰されるように苦しかった。

俺があと一歩遅ければ、こうして彼女と言い合いをすることもなかったかもしれないのだ。

「鉱山の件に関しては、確かに俺もやりすぎたと思っている。だが、反省はしていない」

アリアを、大切な人たちを助けるためなら、俺は何度だって同じことをするだろう。

「そうしてでも、俺はお前といたかったんだ。アリアは《神聖騎士《セイクリッドナイト》》なんて凄い力を持ってるけど、実際にやらされたのは、卑怯な作戦ばかりだ。そのうえアーガスと婚約させられたり、ドレイクには実験台にされかけたり……幼馴染がそんな目に遭うなんて、許せないだろう？」

「ありがとう、レヴィン」

アリアが俺を抱きしめた。

「それじゃあ、ＯＫってことでいいかな？」

「うん。私の力はレヴィンと村のみんなの幸せのために使う。だから……私をレヴィンの騎士にしてほしい」

「アリアを俺の騎士に？」

《神聖騎士》《セイクリッドナイト》の力は、主に忠義の短剣を捧げないと使えない。だからアリアがその力を発揮するには、誰かを主に定め、忠誠を誓わなければならないが……相手が俺でいいのだろうか。

「嫌……？」

戸惑っていると、アリアが首をちょこんと傾げて尋ねてきた。

「そんなことない。それがアリアの望みなら」

「うん。それじゃあ、これを」

アリアが腰に佩いた剣を差し出した。

俺は剣を受け取ると、鞘から引き抜いて刀身をアリアの肩に置いた。

「汝、アリア・レムス。新たに王にならんとする我、レヴィン・エクエスに騎士の忠誠を誓うか？」

「誓います」

アリアの両肩を剣でそっと叩く。

騎士の叙任《じょにん》をするというのは初めてだが、大体合っているはずだ。

すると、テイムする時に発せられる光によく似た蒼い光が、俺とアリアを繋いだ。

そして、それはやがて短剣の形となり、俺の手に舞い降りた。

「繋がりを感じる……これで、私はレヴィンのものかな」

「ものって……人聞きが悪くありません？」

エルヴィンを追い出された時はどうなることかと思ったが、エルフィと出会い、リントヴルムの背に乗り、エリスをはじめたくさんの新たな仲間を得て、村のみんなも移住させた。

そして、最後にはアリアを自由の身にすることができた。とても順調で、素晴らしい道のりだ。

とはいえ、これからやりたいことはたくさんある。

エルフィの仲間たちを目覚めさせるために都市を発展させなくてはいけないし、家族や村のみんなには豊かに暮らしてほしい。それにアリアやエリスには、これまで嫌な目に遭ってきた分、幸せになってほしい。

これからのことを考えていると、リントヴルムが飛んできた。

「それじゃあ、帰ろうか。俺たちの新しい故郷に」

俺はアリアの手を握ると、迎えに来たエルフィと共にリントヴルムの背に戻るのだった。

超自由度を誇る新型VRMMO「ワンモア・フリーライフ・オンライン」の世界にログインした、フツーのゲーム好き会社員・田《た》中《なか》大《だい》地《ち》。モンスター退治に全力で挑むもよし、気ままに冒険するもよしのその世界で彼が選んだのは、使えないと評判のスキルを究める地味プレイだった!
――冴えないおっさん、VRMMOファンタジーで今日も我が道を行く!

1~27巻 好評発売中!

各定価:1320円(10%税込) illustration:ヤマーダ

漫 画:六堂秀哉 B6判
各定価:748円(10%税込

アルファポリスHPにて大好評連載中!

アルファポリス 漫画 検索

部屋で眠りについたのに、見知らぬ森の中で目覚めたレン。しかも中学生だったはずの体は、二歳児のものになっていた！　白い虎の魔獣——スノーラに拾われた彼は、たまたま助けた青い小鳥と一緒に、三人で森で暮らし始める。レンは森のもふもふ魔獣達ともお友達になって、森での生活を満喫していた。そんなある日、スノーラの提案で、三人はとある街の領主家へ引っ越すことになる。初めて街に足を踏み入れたレンを待っていたのは……異世界らしさ満載の光景だった!?

◉定価：1320円（10%税込）　ISBN 978-4-434-31644-9　◉illustration：中林ずん

俺はとある王国の第三王子、アルス。前世は草臥れたサラリーマンで、過労死した後に異世界転生を果たした。この世界では神様が人々に天職を授けると言われており、王族ともなれば【軍神】【剣聖】とエリートな天職を得るのが常だ。しかし、俺が授かったのは、なんと【牧場主】。父親に失望された俺は、辺境に追放されるのだった。一見お先真っ暗のようだが、のんびり暮らしたかった俺にとってはむしろ好機。新しく使えるようになった牧場魔法は意外に便利だし、ワケありクセありな奴ばかりだけど、領民（労働力）も増えていくし……あれ？　もしかして念願のスローライフ、始まっちゃった？

◉定価：1320円（10%税込）◉ISBN：978-4-434-31746-0 ◉Illustration：ごろー＊

この作品に対する皆様のご意見・ご感想をお待ちしております。

おハガキ・お手紙は以下の宛先にお送りください。

【宛先】

〒150-6008 東京都渋谷区恵比寿 4-20-3 恵比寿ガーデンプレイスタワー 8F
（株）アルファポリス　書籍感想係

メールフォームでのご意見・ご感想は右のＱＲコードから、
あるいは以下のワードで検索をかけてください。

アルファポリス　書籍の感想　検索

ご感想はこちらから

本書は Web サイト「アルファポリス」（https://www.alphapolis.co.jp/）に投稿されたものを、改題・改稿、加筆のうえ、書籍化したものです。

トカゲ（本当《ほんとう》は神竜《しんりゅう》）を召喚《しょうかん》した聖獣使《せいじゅうつか》い、竜《りゅう》の背中《せなか》で開拓《かいたく》ライフ
～無能《むのう》と言《い》われ追放《ついほう》されたので、空《そら》の上《うえ》に建国《けんこく》します～

水都 蓮（みなと れん）

2023年 3月31日初版発行

編集－勝又琴音・今井太一
編集長－太田鉄平
発行者－梶本雄介
発行所－株式会社アルファポリス
〒150-6008 東京都渋谷区恵比寿4-20-3 恵比寿ガーデンプレイスタワー8F
TEL 03-6277-1601（営業）　03-6277-1602（編集）
URL https://www.alphapolis.co.jp/
発売元－株式会社星雲社（共同出版社・流通責任出版社）
〒112-0005東京都文京区水道1-3-30
TEL 03-3868-3275
装丁・本文イラスト－saraki
装丁デザイン－AFTERGLOW
印刷－図書印刷株式会社

価格はカバーに表示されてあります。

落丁乱丁の場合はアルファポリスまでご連絡ください。

送料は小社負担でお取り替えします。


ISBN978-4-434-31749-1 C0093